书房的晚景

俞晓群 著

辽海出版社

图书在版编目（CIP）数据

书房的晚景 / 俞晓群著. -- 沈阳：辽海出版社，2025.4. -- ISBN 978-7-5451-7222-5

Ⅰ. I267.1

中国国家版本馆CIP数据核字第2025DU1455号

出品人：柳青松
封面题字：丁宗皓
出版者：辽海出版社
（地址：沈阳市和平区十一纬路25号 邮编：110003）
印刷者：辽宁新华印务有限公司
发行者：辽海出版社
幅面尺寸：130mm×205mm
印　　张：9.125
字　　数：150千字
出版时间：2025年4月第1版
印刷时间：2025年4月第1次印刷
责任编辑：范高强
装帧设计：草鹭设计工作室
责任校对：王大光
书　　号：ISBN 978-7-5451-7222-5
定　　价：68.00元

购书电话：024-23285299
网　　址：http://www.lhph.com.cn
版权所有，翻印必究
法律顾问：辽宁普凯律师事务所　王伟
如有质量问题，请与印刷厂联系调换
印刷厂电话：024-31255233
盗版举报电话：024-23284481
盗版举报信箱：liaohaichubanshe@163.com

序 | 书卷多情似故人

王充闾

一

人到老年更加看重朋友。可是，恰相悖的是"白发故人稀"。这里有几种情况：其一，由于滤除了现实功利性以及工作需要、社会交往方面的考虑，老境中交友选择性更强了，条件也更加严苛——只限于志同道合、相知相重；其二，许多知交挚友已撒手红尘，幽冥异路；其三，一些比较年轻的知心朋友供职于外地，而自己很少出游，总是无缘睹面。我和俞晓群先生的朋友关系就属于最后一种情况。

晓群的人品、学问、器识、才气，素为我所敬重。相识相知三十余年来，我们声应气求，心心相印，结为忘年挚友，我从他那里得到的帮助是多方面的。由于我们都嗜书成癖，又喜欢动笔，工作业务也联系紧密，昔年游处，相聚时多，"忽然不自知乐也"。但近十多年，他远赴京华、沪上，会面交谈的机会很少，思念无穷，深感怅憾。所幸从《辽宁日报》副刊上，有时能读到他的文章。"书卷多情似故人，晨昏忧乐每相亲。"是明代于谦的诗句，说的是"观书"，自然也包含文章。一篇在手，娱目快心，无异于故人的隔空对话，更像是庄子说的"跫然足音"，感到十分亲切。

前些天，忽然接到晓群先生的电话，说辽海出版社拟将他近年写的随笔结集出版，嘱我撰写数言，弁诸卷首。欣慰中，我顺口应承了，待到冷静下来，方知自己并非作序的理想人选。晓群与我的文友圈，许多是重合的；挥毫作序，仅沪、京两地即不下十位可以"优为之"，怎么会轮到年迈且又久别的老兵披挂上阵呢？但是，君子之交讲究"不负然诺之信"，既已承命，却之不恭，只好勉为其难了。

晓群先生原本是学数理的，后来钻研哲学，进入人文领域，踏上了出版业的漫漫征程，年届不惑就成了目光高远、卓然有成的出版家，具有敏锐的编辑眼光，得通家气象。鉴于他优游于哲学数理、随笔写作、图书出版三界，沈昌文先生称之为"三栖达人"，赞许"他反对'跟风'，强调原创""主持出版，更是发疯似的擘画种种，以谋繁荣中国文化"。晓群先生奉行"书香社会"的出版理念，主持策划了许多具有很高思想与学术价值的丛书，如《国学丛书》《书趣文丛》《新世纪万有文库》《万象书坊》《海豚书馆》等，还从国外引进多种著名品牌图书，构成传统文化、近世文化、外国文化三大书系。

得道多助。晓群出版事业的成功，得力于业内师友的鼎力支持。在他身边，有几个由不同年龄段的出版家、编辑家、藏书家、学者、报人组成的"专家群""文化圈"，多为知名度很高的成功人士；特别是有机会就教于陈原、许力以、沈昌文、钟叔河、黄裳、张中行等老一辈中出版界、学术界的硕学名流。他们爱才惜才，口授心传，慧命相续，在增长学问、开阔视野、敬业乐群、培植担当意识、提高决策能力方面，都予晓群以直接的影响。多年来，晓群麾下也聚集了一批志同道合、才学出众、职场中能够独当一面的青年俊秀。

二

与外部庞大的"师友圈"相对应，就内在蕴涵来说，晓群有海样的阅读量。他出生于知识分子家庭，有家学渊源，从小就好学上进，悉心向学，数十年如一日，刻苦自励。只要浏览他的十多部随笔著作，就不能不由衷地叹服其读写之勤、涉猎之广。众所周知，出版家与专业作家不同，肩负着"事功"的沉重担子，需要审时度势，精心擘画，广辟书源，编辑审读；按照沈公"传钵"，还要以大量时间同各界人士打交道，恳切、耐心地往复接谈，穿梭于友朋宴集、学术沙龙，几乎成为日课；特别是，身为编辑家兼作家，他不仅要充当接生的"稳婆"，而且还要自己"生男育女"。实在难以想象，他是怎样忙里抽闲、挤出时间捧读书卷的。我曾长期拼力于"文政双栖"处境之中，在巧抓空隙、见缝插针方面亦颇自许，但较之晓群，却每每自愧弗如。

说到"生男育女"，就联系到晓群的随笔及其文体风格——这是很有特点的。随笔集中，作家生动地记述了自己三四十年间在出版界所遇见的那些可敬的人、可亲的书、有趣的事，以及买书心得、读书记忆，这些都闪烁着真知灼见，展示出书卷的所有可能。书籍成了他的智慧之源、力量之根，不啻第二生命。

晓群随笔风格，颇得沈公真传。它使我记起扬之水关于《读书》风格的概括："不是美文，不是社论文体；不是矫揉造作装点出来的华丽，不是盛气凌人的教训口吻。是打破老八股、新八股，即程式化的语言，而体现出来的纷纭的个性风格。"一言以蔽之，"就是好看"。《读书》，沈文，俞文，似乎存有潜在的传承关系。

具体而言，晓群的随笔，大都着眼于近现代书人书事，极少涉及传统经籍、典章故实；不讲纯文学，也没有大理论；多讲故事，少讲道理；多讲趣味，少谈学术；富于情感，摇曳多姿，娓娓有致，格调清新活泼；意之所至，信笔写来，不现斧凿痕迹；叙事中常常加进一些非情节因素，以调整节奏，丰富情趣。

书话在中华散文随笔中，是一朵耀眼的奇葩。晓群走郑振铎《西谛书话》、唐弢《晦庵书话》的路子，精于书话研究与撰写，并有所谓"四忌"："忌图书简介，忌书摘文抄，忌空洞无物，忌肆意八卦。"作为斫轮老手，沈公概括得更精彩了，点破了书话写作的真谛："书人的心境，书外的故事，书里的风景，书中的情趣。"都是四句话，俗说雅说，反说正说，相映成趣。

三

说过了爱书人、读书人、编书人、写书人，下面就该讲述书房与书卷了。晓群的这部随笔集中，尽多关于书房的叙述，尤其显眼的是以"书房的晚景"为书名。从前，我曾总结过"古人读书十法"，其中一条是："他人有心，予忖度之。"借用《诗经》名句，讲述古人读书善于把自己摆进去，强调主体意识。现在，就抓住"书房"这个话题试做猜想：主人坐拥书城，徜徉其间，会有些什么想法？

——"登斯楼也"，环堵琳琅，怡然自乐，尽得雅人深致。完全可以像北魏藏书家李谧那样说上一句："丈夫拥书万卷，何假南面百城！"显现出一种积极、昂扬的自得心态。

——当然，也可能想到，多年节衣缩食，穷搜尽索，百意营求，而今朝夕晤对，时时都会忆起每册图书背后的无尽沧桑，想到购书当时发生的令人动心动容的故事，想到书本中渗透着的点点心血，意念深沉，情同骨肉。

——还可能作进一步联想：当年，苏东坡离开杭州时，曾经发出"别后西湖付与谁"的慨叹。华夏传统固然有"诗书传家"之说，可是，学问与癖好是不会遗传的。何况，在商品大潮、拜金主义和功利主义的冲击下，还有多少子弟痴憨如我辈者流，肯于孜孜苦读,埋首于黄卷青灯之下呢?苍凉中不无悲慨。

披览书稿,发现晓群是这样说的:"晚景之中,书生与书房,像是一出戏剧中的人物与道具,最初书架上的书,会成为剧中人的某种象征或实用之物;但随着剧情的发展与终结,人与书的距离渐行渐远,最终没有了必然的依附关系。就像戏剧落幕之后,曲终人散,舞台上道具的去向有无数种可能,它们与剧中的人物还会有多少牵连呢?想到这里,悲从中来,不可断绝。"

文字表达可谓心境苍凉,但接下来,笔锋一转,由己及人,别开生面:"时间久了,我逐渐养成一个癖好,乐于应邀到老先生的书房中去做客,在那里拜会、请教、交流,气氛轻松,有现场感,容易唤起老先生谈话的兴致,便于了解他们的学识、身世、个性。怎些年过去,我见过许多老先生的书房,留下许多难忘的记忆。如今回想起来,他们哪一出是喜剧,哪一出是悲剧,哪一出悲喜交集呢?"后面引出了数学家梁宗巨先生书房的故事。然后归结到《世界数学史简编》出版,奠定了梁先生在数学与数学史界的学术地位。

《书房的用处》一文,说起邀约作家苏叔阳先生撰写《中国读本》的始末,"如今苏先生逝去快三年了,此时望着书架上他的著作,想到他生前的音容笑貌,我眼中满满的热泪,止不住滚落下来"。不过,文中仍然存有一些慰藉:"该书出版后立即引起轰动,陆续印刷一千多万册。"而《书房中的思念》则追忆了姜德明、黄永玉、吴兴文等几位书友。一般人想到的往往是水流花谢,"人琴俱亡",而晓群的结论,却是"书比人寿命长"。

这里有两点,分外引人注目:一是旷怀达观,"哀而不伤",不作兴去悲慨,"要愁哪得工夫",精力放在做事上。其间既渗透着、彰显出海派文化的影响,也和作家尚在盛年不无关系。二是说来说去,人为根本。写书、编书、读书、话书,无往而非人。"书卷多情似故人",良有以也。

于沈水之阳
2024 年 11 月

目 录

序 | 书卷多情似故人 …………… 王充闾

书房的晚景…………………… 001
书房的慰藉…………………… 009
书房的用处…………………… 017
另一种书话…………………… 025
存几本畅销书………………… 033
这个时代的全集……………… 041
谈谈文库版…………………… 049
日记中的故事………………… 057
架上书话知多少……………… 065
你一定要读传记……………… 073
白话的是非功过……………… 079
读史的点滴记忆……………… 087

笔记，笔记…………………… 095
类书的故事…………………… 103
我的工具书…………………… 111
书房中的诗意………………… 119
留一处科学园地……………… 127
书房中的思念………………… 135
藏书的乐趣…………………… 143
期刊的记忆…………………… 151
集报者说……………………… 159
经典不厌百回读……………… 167
打开文化的门窗……………… 175
三张书桌的故事……………… 183
劝君惜取老年时……………… 191
书房的格局…………………… 199

古今书装谈……………………… 207
古代书人的故事…………………… 215
从钱基博说开去…………………… 223
沈昌文的签名本…………………… 231
漫话"读书记"…………………… 239
读书拾趣录………………………… 247
沈昌文早年读书记………………… 255
"师从众师"有感………………… 263

后记………………………………… 271

书房的晚景

夜深了,我还站在刚刚清理好的书房里,对着书架望来望去。暗淡的灯光下,看着一本本摆放整齐的书,那么熟悉,那么亲切,几乎每一本书,都能说出一段或长或短的故事。此时我的心里,忽而欣喜,忽而感伤,忽而有着说不出的畅快。

常言书生与书房相伴相生、相辅相成。年轻时书生一面成长,一面读书,一面建设自己的书房。到了老年,他距离人生的终点越来越近,书房建设也快要竣工了。此时的书房,日积月累,增加了许多特殊的意义,诸如书生的经历、成就、学问、智慧、好恶……或多或少,或显或隐,都会在书房的构建中体现出来。如果说一位年轻人的书房,最初是一个残缺的、个性化的、未完成的、生机勃勃的、充满希望与想象的精神家园,那么伴随着时光的流逝,必然会演化成一位老者晚年生活的憩园与终点。到那时,书房存书的风格已经固化,一般不会再有新门类的图书出现；存书的数量在递减，或曰添加的新书逐渐减少，淘汰的旧书不断增加；存书的标准也在悄然发生着变化，由求知的空间慢慢走入忆旧的时间。就这样，书生渐渐老去，天色渐渐昏暗，书房的晚景降临了。

要知道，这里的晚景不同于夜景，虽然它们都是时间概念，但书房的夜景，可以成为青春生长的陪衬，它常常是那样的自然、单纯、美好。书房的晚景却要复杂得多，它不但记录着书生读书生活的快慰，还述说着更多的个人经历，诸如无情岁月带来的冷漠、凄凉、孤独。晚景之中，书生与书房，像是一出戏剧中的人物与道具，最初书架上的书，会成为剧中人的某种象征或实用之物；但随着剧情的发展与终结，人与书的距离渐行渐远，最终没有了必然的依附关系。就像戏剧落幕之后，曲终人散，舞台上道具的去向有无数种可能，它们与剧中的人物还会有多少牵连呢？

想到这里，悲从中来，不可断绝。其实这悲情，并不是凭空产生的情绪。回想我二十几岁进入出版界，职业使然，经常需要与作者打交道。相约的地点，一般情况下，中青年学者比较随意，办公室、咖啡厅、小酒馆，随处可以相见；拜会老先生时，则常会选择在他们的书房之中，这使我有了了解学者书房的机会，同时对不同的书生、不同的书房，产生了浓厚的兴趣。时间久了，我逐渐养成一个癖好，乐于应邀到老先生的书房中去做客，在那里拜会、请教、交流，气氛轻松，有现场感，容易唤起老先生谈话的兴致，便于了解他们的学识、身世、个性。恁些年过去，我见过许多老先生的书房，留下许多难忘的记忆。如今回想起来，他们哪一出是喜剧，哪一出是悲剧，哪一出悲喜交集呢？在这里，我略述一段梁宗巨先生书房的故事。

梁宗巨先生，生于一九二四年，广东新会人，兄长中有梁宗岱、梁宗恒。早年梁先生毕业于复旦大学化学系，后来一生从事数学教育与数学史研究工作。上世纪五十年代，梁先生已经完成《数学发展概貌》文稿。一九八〇年，梁先生名著《世界数学史简编》出版，奠定了他在数学与数学史界的学术地位。我一九八二年初大学毕业，来到辽宁人民出版社做数学编辑，当时指导我实习的出版前辈，正是《世界数学史简编》的责任编辑王常珠老师。不久之后，她便带领我们去大连，到梁宗巨先生家中拜访。那是我第一次见到梁先生，他年近六十岁，中等身材，面容消瘦，穿着一件粗呢大衣，戴着一副金丝边眼镜，说话时有一些南方口音，时常会用手帕掩口，轻轻咳嗽。他谈吐很有风度，口齿清楚，用语简洁，有感染力。梁先生是辽宁师范大学数学系教授，但为了照顾生病的女儿，他并没有搬入教授楼，而是在一般的生活区居住。为了有更多的时间写作，梁先生很少参加社会活动，不喜欢出门应酬。我们多次拜访，几乎都是在梁先生的书房中，跟他讨论《中学数学实用辞典》《自然科学发展大事记（数学卷）》《世界数学通史》《数学历史典故》等书稿的事情。

我不知道梁先生的家中，是否另有存书的地方，单说我们经常光顾的那一间书房，大约有十平方米的面积，里面摆放的都是他用于数学与数学史研究的书，我称它是一间主题书房。房间内有两面墙的书架顶棚竖立，上面塞满了相关的书籍与资料。书房内的家具很少，就有一对小沙发、一张不大的书桌，桌上堆满了资料，还有一张小木床，紧贴着书架摆放。那时我才二十几岁，工作之余，还想多学一点儿东西，所以曾经在拜会的闲暇时间，顺便向梁先生请教学习方法。他对我说，搞学术研究可行的方法很多，首先要做到三勤：眼勤是多看，笔勤是多记，嘴勤是多问。还要从年轻时开始，有目的、有主题地收集资料，做到长期积累，持之以恒。其实有用的资料随处可见，关键是你自己要留心。说着话，梁先生随手从桌子上的一个铁筐中拿出一片豆腐块儿大小的剪报，那张纸已经泛黄，取自上世纪六十年代的一份报纸，上面记录着华罗庚与优选法的一些事情。他说多年来，他一直注意收集此类信息，还会让海外的亲戚朋友帮助他在外国的图书馆中查找相关资料，零零星星，集腋成裘，这些都是他写作的基础。此事对我影响至深，从那时开始，我为自己制定了几个研究主题，然后坚持有针对性地读书、查找资料，认真做笔记，使之成为我一生的学习习惯。

我还记得，梁先生的研究工作非常辛苦。他是南方人，不适应北方的气候，每到冬天，他经常会复发呼吸系统的疾病。年逾六十时，他一面给学生讲课，一面还要完成一个接一个的写作计划，其中当时最重要的项目是撰写《中国大百科全书》中的数学史词条。此外，他还要撰写毕生为之奋斗的专著——《世界数学通史》。为了加快写作进度，他不断延长自己的工作时间，忙起来通宵达旦，困了累了，就在那张小木床上休息。正是在那间主题书房中，梁先生度过了人生中最重要的写作时光。直到七十二岁，他终于完成了《世界数学通史》的上半部书稿。一九九五年八月，梁先生给我打来电话，介绍下一步的写作情况。他说："资料都已经准备好了，只剩下落笔成章。不过这段时间，我身体状况一直不大好，需要调整一下，很快会完成《世界数学通史》下半部分的书稿。"但在同年十一月二十日，梁先生不幸因病离开了这个世界，也停止了他的写作。翌年八月，我们将《世界数学通史》上卷赶印出来，交给他的夫人陈善魂女士，并将其放入梁先生的墓穴中，以了却梁先生生前的心愿。《世界数学通史》下卷未及完成，也成为他学术生涯中最大的遗憾。后来梁先生的学生孙宏安、王青建二位先生，按照梁先生去世前的嘱托，接手《世界数学通史》后半部分的整理工作，他们在梁先生已经准备好的学术资料的基础上，遵循梁先生的学术风格，最终将这部大作的下卷编写完成。此书出版后成为学术经典，被收入《中国文库》之中。

述说书房的晚景，似乎有些哀伤的情绪。其实我们为之哀伤的，只是一个书生从生到死，与书房相伴相依的必然宿命。前辈们的书房故事，则是晚辈书生需要了解、学习、借鉴的人生经验。那是一些个性化的生活方式，会对你的思想产生深刻影响。比如梁先生书房中的那一张小木床，就在我的头脑中刻下一生难忘的印记。直到我六十几岁整理书房时，也曾经把自己的睡床摆到书架旁，希望像梁先生那样，每天读书写作累了，就在书房中安睡。可是不久我发现几个问题：一是床边那一面墙的书架太高了，躺在下面的床上，会产生一种压迫感。二是我的书架上主要是旧书，灰尘太多，还会散发出霉腐的气味。三是纸书与书虫相伴相生，虽然会让人联想起蠹鱼化脉望这类神异的传说，然而，此时会使我感到呼吸不大顺畅，甚至会增加罹患哮喘等呼吸系统疾病的风险。唉！书房中的夜读，与书共眠，一生的情思与向往，如今却成了不切实际的臆想。没办法，我只好又从书房中搬出来，与书分室而居。每当入夜时分，或者从梦中醒来，我还会不自觉地步入书房，打开光线柔和的灯，戴上老花镜，翻检几本小书，整理一下书的分类，呼吸一点儿书的味道，心绪顿觉平和了许多。转身回到睡房，蒙眬之中，脑海中还会闪过书房夜晚的景色，伴随着长长的读书梦，渐渐睡去。

书房的慰藉

一位书生,一生风雨兼程,奔波劳碌,他最重要的抚慰之地,应该是在哪里呢?在我的观念中,那一定是书房了。其实在现实生活中,与书房类同的场所很多:教室、书店、研究室、图书馆、阅览室、资料室,它们的相同之处,都具有阅读的功能;不同之处,书房还是一个休憩的场所,或曰心灵与生命的慰藉之地。

学生时代,书房尚在初萌或象征的状态,它可能只是家中的一个小书架,一张小书桌,床头柜上的一个小书立,甚至只是少年书生四处求学时,背在肩上的一个大书包,或者只是堆放在枕边的一堆学习资料。即便如此,对于一个初出茅庐的学子而言,书房的雏形已经显露出来,他需要在那里完成自己的知识储备,梳理纷乱的思绪,消化每天的所见所闻,学会独立思考。这样的书房或曰准书房,是他对未来满怀憧憬的地方。

成年之后,在一个知识经济的时代,无论从事什么工作，为了跟上社会变化的节奏，都需要接受终身教育的理念，都需要养成阅读的习惯。因此，在现实生活中，书房几乎成了当代文化人的标配。稍作回想，许多人工作一天之后，一定有过那样的经历：疲惫地回到家中，安顿完生活中的琐事，缓步来到书房，选一个舒服的姿势落座，沏一杯清茶，舒一口长气，让自己静下来，慢下来，或闭目养神，或翻开书本，或打开电脑，或摆上笔砚。生活频道的调换，不但可以使你得到一时的清心自在，还可以帮助你整理思绪、知识充电、预备功课、修复创伤、增强自信，以便走出书房时，能够神清气爽，焕然一新。对书生而言，书房的调节功能，一定是其他方式所无法替代的。

进入老年后，书生开始逐渐远离主流社会的舞台。此时的老人，需要面临三退：工作岗位要退休，社会活动要退出，家庭地位要退让。那么退到哪里才是最佳选择呢？其实一个人的老年生活，各有所好，各有追求与无奈。我觉得最好的归宿，当然是遁入书房了。但实现这一步并不容易，从年轻时开始，就需要有所准备：一是尽早养成阅读的习惯，不断积累自己的知识，这样进入书房，才能知道在那里要做什么。二是尽早养成藏书的习惯，积年累月，有计划地保存不同时期的图书与资料。如此构成的书房，才名副其实。三是书房的功能不仅在于收藏有价值的书，更重要的是收藏与你相关的书，见证并记录着你与那些书的故事，这样的书房，才会有浓浓的暖意。四是书房的藏品不单是图书，还有几十年留存的物品：每一本笔记、每一张照片、每一段留言、每一个纪念品、每一件杂物，甚至一张字条、一枚印章、一行签字，都是一个人生活的印记，有了它们的存在，书房才有了个性的意义。

书房建设，有了环境的准备还不够，还需要有心境的承接。常言："让我们诗意地栖息！"诗意的基础，需要心态的平和，需要心灵的净化，需要消解各种变化带来的焦虑，需要使自己的精神状态得到良性的调整、重塑与完善。不过真正做到"诗意地栖息"谈何容易，经过漫长的人生旅程，我们是否依然保持着应有的书生本色？往日轰轰烈烈的社会生活，我们是否还沉醉其中，不能自拔？滚滚红尘中，经常会听到一些人说："工作太忙了，将来要如何如何。"现在，你孤独地坐在书房中，旧日的种种计划与思考，往往会化成支离破碎的断想，纷纷涌现，不可抑制。弄不好，还会搞得抑郁顿生，寝食难安。如此下去，该做不了的事情，还是做不了；该坐不住的椅子，还是坐不住；该做不出的文章，还是做不出。总之，如果不能使自己安静下来，进入心灵的避风港，我们的书房建设还有什么意义呢？那还真不如起身走出去，找点儿别的事情来做。

此时，我想到沈昌文先生的老年生活。他在职时曾任三联书店总经理、《读书》杂志主编。沈先生退休后的生活依然丰富多彩，还做了许多有趣、有意义的事情，被誉为当代"新老年"的代表。他的书房故事，让我久久难以忘怀。

沈先生退休时有两处住房，它们分处京城朝阳门南小街的两侧，一套位于街东的赵堂子胡同，另一套位于街西的西总布胡同，两者之间大约有几百米的路程。房屋的格局陈旧，使用面积都只有几十平方米。沈先生开玩笑称它们为一房、二房，街东的一房用于居住，街西的二房用作书房。二房里摆满了不同规格的书架、书柜、书箱，彼此的间距很窄，走过时几乎要侧身。室内的家具很少，主要有一张书桌、一把椅子、一张弹簧床，还有电话、电脑、传真机、复印机。沈先生说，他退休后，经过一段时间的调整，养成作息时间为，每天早晨三四点钟起床，天还没亮，他就会从一房中走出来，穿过南小街，来到二房，开始忙活起来：煮咖啡，整理书架，上网，写作，下载资料，收发邮件、传真，打印重要文章。到了七八点钟，他出去吃完早点后回到二房，躺在那张弹簧床上小睡一会儿，再接着工作，抑或去大块文化、三联书店、海豚出版社办事。中午他在街巷中找一处洁净的小馆，点一杯啤酒、一碗羊杂碎之类的食物，独自享用，然后回到一房休息。下午继续去二房工作，或者去书店看书、买书，参加各类读书活动。晚上除了约见客人，一般要在九点钟以前安睡。

按照这样的作息时间，沈先生从六十五岁退休开始，一直持续到九十岁离开这个世界，大约度过了二十五年的美好时光。总结他一生的经历，官方称他二十几岁进京，从事出版工作六十年，成为一位优秀的出版家。这里的"六十年"，自然包括沈先生退休后，在二房里工作的二十多年了。在那里，沈先生边养老边做事，完成的业绩丝毫不逊色于退休之前，成功地延续了一位出版家的职业本色。比如，他由《读书》杂志主编退下来后，成功地策划了《万象》杂志的出版，还组织策划了《书趣文丛》《新世纪万有文库》《海豚书馆》等系列好书。沈先生曾经对我说："我乐于扶持晚辈的工作，但不要把我当成领导，我只是一个助理编辑。"实际上在与我的合作中，他充任了一位总编辑的角色，从确定出版方向、选择书稿、组织作者，到终审书稿、设计版式、确定装帧等许多案头工作，甚至到图书馆中查阅资料，从国外带回好的版本，他都亲力亲为。他真正实现了退休前后，出版职业的无缝衔接，同时也做到了从办公室到书房的完美过渡。

人总是要老的，总结沈先生的书房生活，可以划分为三个阶段：一是从六十五岁到七十五岁，沈先生经常说："我还有力气，可以帮你们多做一些事情。"那时他书房的布局，完全是在职时总经理办公室的延续：一叠叠文件夹摆放在那里，其中有重要资料、信件，还有书房藏品的目录；书房中的书柜、书架上，都标注着收藏的内容，其中除了图书之外，还有许多稿件、审读意见、专题研究；有些书柜是锁着的，里面存放着一些"内部资料"。二是从七十五岁到八十五岁，沈先生开始说："我老了，精力不济，更多的时候，只能给你们拍拍手，站脚助威。"十年之中，他开始有计划地为自己的书房做减法：先是清理出许多书的复本，不断送人；接着他按照藏书的分类，比如许多工作用书，他也开始成批送给需要的人，我就收到他一百多箱此类杂书。对于他的许多信件、原稿、审稿意见等资料，他十分珍视，处理起来也很慎重，几次说要全部交给我，但迟迟没有拿出来，只是在编他的著作时，他说："编好书后，原件就存在你那里吧。"但后来他清理书房时，还是流出一些文字材料，在市场上可以见到。三是从八十五岁到九十岁，沈先生的身体日渐衰弱，二房中的故事越来越少，最终他连跨过那条南小街的力气也没有了。

退休后的二十五年间，沈先生在二房中完成的著作有《阁楼人语》《知道》《书商的旧梦》《最后的晚餐》《八十溯往》《也无风雨也无晴》《师承集》《师承集续编》。当老人家八十九岁时，我想再编一本书，为他九十岁祝寿。沈先生说："我已经没有力气了，那几箱资料你们都拿走吧，整理好再给我看。"

书房的用处

二〇二一年初冬时节,我开始整修自己的书房,重新规划书架的布局。由于存书太多,四处堆放,无法下脚,我只好采取步步为营的办法,每做好一个书架,立即把书摆上去,边摆放边整理,历经几个月的努力,如今总算有了一点儿模样。

一些人看到我混乱的存书,不断发出各种感慨与疑问,装修队长每日一叹:"你这是孔夫子搬家——净是书(输)啊!"还经常有人问:"这么多书,你都读过吗?"早些年我会说:"都读过。"那时对方看着我,常常会露出赞许的目光。随着岁月流逝,我的存书越来越多,越来越杂,再有人提出这个问题,如果我说:"没有。"他会接着问:"那为什么要存?"我说:"喜欢。"他还会问:"喜欢为什么不读?"我说:"慢慢来。"此时他的脸上飘过一丝淡淡的微笑。他在想什么呢?赞许还是嘲笑?我想他可能想说:"书是用来读的,书房是用来存放书的,既然那么多书不读不看，为什么还要修建书房？为什么还要如此高规格存放它们呢？不是太虚荣、太奢侈、太欠考虑了吗？"深一步思考，他是在质疑家庭书房的用处。

在回答这个问题之前，我想先澄清两个观念：其一，说"书只是用来读的"，这句话本身就不完备。因为书不能等同于学生课本或学习资料，它们不但具有学习的功能，还有更多的用处，像传承、查阅、把玩、消闲、装饰、欣赏、增值等。在这一层意义上，家中藏书正如其他藏品一样，珠宝不一定都戴在身上，瓷器不一定都拿出来使用，美酒不一定都一次喝完。其二，说书房不是家庭生活的必需品，而是可有可无的装饰物、附属品、奢侈品；认为家中能有一个书架，摆放几本必读的书就可以了，何必单设书房呢？此种认识的思想根源很复杂，可能是出于对书的轻视，也可能是困难时期留下的后遗症。记得上世纪八十年代初，我的居所仅是一间卧室，室内除了床、沙发，还有一个小书桌、一个小书架，书架上放不了几本书，我只好把它们堆放到墙角或床下。结婚时几位亲戚来看新房，他们见到床底下摆满了书，便问道："床下塞那么多书干什么？"父亲调侃说："那是他们的饭碗啊。"这话让我一生难忘。近几十年人们的生活逐渐改善，衣食住行都在进步，在"住"的设计图纸中，除卧室之外，开始有了独立的客厅、餐厅、活动室等，但却往往见不到书房的位置。

由此想到时下提倡大众阅读，提倡培养爱书的社会风气与个人习惯，有两个数据经常被人提及：一是书店、公共图书馆的数量，再一个是人均读书的数量。我觉得随着生活水平的提高、大众阅读的深化，还有两个数据需要重视：一是好书的数量，要鼓励多出好书，这是解决读什么的问题；再一个是家庭书房的数量，要扶持建设家庭书房，这是解决在哪里读的问题。后一个问题似乎有些牵强，其实它才是建设书香社会的硬指标。所谓衣食住行，要想加上一个"读"字，还是要在"住"字上下功夫，实现书的"安居工程"，让全面小康的人家成为读书人家。

接着说书房的用处，它是一个书生的读写之地、休憩之地，更重要的，书房还是书生的师承之地，家门家风、师门师风，凡此种种，都与书房的用处密切相关。其实在许多人的心目中，或多或少都会怀有一个愿景：希望自己的家族能够成为诗书人家，每一代人心中都有读书的种子。一个家族的香火传承，如果有了书香的味道，那将是一件非常荣耀的事情。记得上世纪九十年代初，我为出版社做广告，最初拟定的广告词是"为建立一个书香门第的社会而奠基！"后来觉得"书香门第"一词有些陈旧，读起来不够上口，就将"门第"二字去掉，变成"为建立一个书香社会而奠基！"细细想来，"书香门第"应该是一个历久弥新的概念，也是一个不可割裂的整体。"书香"的本义是古人以芸香草藏书避蠹，故有书香之称，"书香门第"喻指读书的家风。如宋代刘希仁《后村先生大全集序》写道："至若以文名世者，家有贤子孙，能绍祖父书香，昭箕裘于不坠，则其文久而弥彰，流传不朽矣。"此语正是说明诗书人家世代传承的道理，也说明"书香"与"门第"二者紧密相连、相辅相成。

以上所言多为大道理，其实家庭书房建设没有那么高大上，没有高低贵贱之分，只是一个书生个性化的文化居所。单说我这一番整理存书，书房面积有限，寸土寸金，清点数十年的遗存，挑挑拣拣，留下了什么？发现了什么？先说我留下的书，不一定都是所谓的好书、珍品，许多只是有故事的书、有记忆的书。比如我亲手编辑出版的书，它们不见得都好，有些书已经过时了，但一排排整理出来，见书如面，一时不忍遗弃。由此想到沈昌文先生去世前几年，曾经送给我一百多箱书，都是他多次整理书房后留下来的存货，其中还是北京三联书店的书居多，毕竟沈先生是那些书的生产者，毕竟那些书上有他的心血与记忆。再说我在整理书时发现了什么。实言之，发现了太多的惊喜与感伤。岁月的风尘，覆盖了以往许多的生活记忆，这一次整理又使它们浮现出来。比如我从年轻时就喜欢读哲学著作，此时从混乱的书堆中，将几十年读过的一本本哲学经典挑拣出来，仅西方著作就有百余册，每一本书的背后都有我满满的记忆。比如厚厚两册的精装《费尔巴哈哲学著作选集》，是上世纪八十年代，我从沈阳马路湾书店买来的，售价只有八元钱，但那时我的工资只有几十元钱。我记得一位女售货员登着梯子，从书架的最高处拿下来，上面落满了灰尘。她自言自语："我以为不会有人买这书呢。"还有帕斯卡尔的《思想录》，我从中学课本中学到"帕斯卡定律"，后来知道哲学中的帕斯卡尔就是那位发现定律的人。我出于好奇买来他的《思想录》，书中许多名言让我终生铭记，如"人只不过是一根苇草，是自然界最脆弱的东西；但他是一根能思想的苇草"，还有"这些无限空间的永恒沉默使我恐惧"。关于无限，我接着读丹齐克《数，科学的语言》、黑格尔《哲学史演讲录》等著作，还曾经写过一篇文章《论无限》。

书架上，颇让我难忘的一排书是苏叔阳先生的著作，其中有我为他出版的《苏叔阳文集》，还有《中国读本》《西藏读本》。回望我与苏先生的合作，始于上世纪九十年代。当时辽宁教育出版社参与组织辽宁中小学读书活动，知道苏先生曾经出版过《我们的母亲叫中国》一书，影响很大。因此我们找到苏先生，希望他能够以此为基础，撰写一部《中国读本》。苏先生欣然接受了这个任务，认真准备，认真撰写，该书出版后立即引起轰动，陆续印刷一千多万册。二〇〇六年，辽宁出版集团重点书工作室请苏先生按照国际视野出版《中国读本》修订本，使之成为国家"文化走出去"的标志性著作，修订本出版后很快被翻译成十余种文字。接着我们还出版了苏先生的新著《西藏读本》。二〇〇九年后，《中国读本》转到海豚出版社出版，苏先生重新修改后，推出普通版、典藏版、青少年版等，又被一些国家翻译出版。许多年来，苏先生与《中国读本》获得过多项国内外大奖。但到目前为止，《中国读本》到底出版过多少个版本，被翻译成多少个语种呢？可能没有人说得清楚。不过我这一次清理存书，将各种版本的《中国读本》一册册翻检出来，还未整理完就足足有二三十个版本、十多种语言了。我会将它们认真存放好，将来送给需要它们的文化机构或个人。

此时我想起几年前与苏叔阳先生的一次小聚。那是冬日京城的一个中午，在一家涮羊肉小店，我与苏先生对坐在一张粗实木方桌两边，铜锅中散发着热气，木炭发出噼噼啪啪的响声。苏先生感慨地对我说："没想到《中国读本》这本小书,为我的晚年生活留下那么多难忘的记忆。"言罢,他端起斟满二锅头的小酒盅一饮而尽。如今苏先生逝去快三年了,此时望着书架上他的著作,想到他生前的音容笑貌,我眼中满满的热泪,止不住滚落下来。

另一种书话

我书房中的图书构成,最大的板块是中国古代典籍。你可能会想:一个学数学的人,后来的职业又是出版人,何以如此好古呢?首先是受家庭的影响,我记忆中小的时候,父亲闲暇时总是捧着一些历史书、旧小说在读。我中学毕业后,离开家去农村劳动,临行前父亲送给我三本书,其中一册王伯祥的《史记选》最让我难忘,引发了我对旧典的兴趣。其次是早年读书环境不好,我们那代人的文化基础远不及老辈们扎实。后来我有了学习数学专业的机会,但参加工作之后,自身的弱项很快暴露出来,所谓"老三样"的缺失:毛笔字、繁体字、文言文。工作中提笔忘字、词不达意、语言贫乏,这些都不是专业知识、工作经验可以替代或弥补的。关键是随着时间的推进,后辈们又赶了上来,他们遇上改革开放的时代,受到较好的教育,整体的文化素质越来越好。所以几十年间,我始终有一种先天不足的缺憾与危机感,一直告诫自己要努力多读书，补上缺失的知识。有了这样的想法，我对旧典的敬重与偏爱就是自然而然的事情了。

我喜欢古籍也不是泛泛而读，有一条主线一直引领着我的存书与读书的路径，那就是我从数学系毕业，最初转身进入人文领域，不知道该如何去做。后来受到几位前辈的影响，开始了解中国数学史，转而研读数术著作，买了许多相关的书，自己也写过几本小书《古数钩沉》《数术探秘》《数与数术札记》，接着又研读二十五史中的《五行志》《灵征志》及《灾异志》。不过此项阅读让我吃尽了苦头，苦从何来呢？一是这个门类的书颇为艰深晦涩，古今注解又比较少，读懂都难，研究更是自讨苦吃了。二是前面谈到，我的知识结构存在缺陷，古文不精，数术不通，只有想办法补救自己的不足。比如案头上除了原著之外，我还购买了简体版、白话版的相关书籍，有中华书局的简体版二十四史、岳麓书社的《古典名著今译读本》、台湾商务印书馆的《古籍今注今译》、北京大学出版社的简体字版《十三经注疏》，对照学习，解决阅读中的困难。

那么就版本而论，我书房中的古籍图书，哪家出版社的书最多呢？首推中华书局，大书如二十五史，还有《十三经注疏》《资治通鉴》《新编诸子集成》；小书如史料笔记、古体小说等。此外还有上海古籍出版社、上海书店出版社、中国书店、岳麓书社的书，从新著到影印版，我随用随收，随收随选，越积越多。读它们，由最初的求知欲望，逐渐变成一种精神享受。

所谓享受大体有两个指向，一是承继中国旧式文人的传统，坚持做读书笔记，它们不同于当代主流的学术研究，不同于西式的图书，不受现代学科设置的限制，对它们的阅读不会受到现行教育体制的干扰。说白了，如此读书较少有功利性，更强调阅读者的主体意识，注重个人兴趣。二是走郑振铎《西谛书话》、唐弢《晦庵书话》的路子，写一写书话。但对于书话，我近来的认识发生了一些变化。缘于我收存书话、准书话极多，闲来翻看也最多，由此总结出书话写作的四忌：一忌图书简介，二忌书摘文抄，三忌空洞无物，四忌肆意八卦。当年沈昌文先生主持《读书》杂志工作时，他有一句话让我铭记："《读书》不是书评杂志。"那是什么呢？他在为《书趣文丛》题写广告语时，写出四句话，点破了书话写作的真谛："书人的心境，书外的故事，书里的风景，书中的情趣。"书话好写又不好写，写好了不易，写得好看、有价值更不易。不同知识背景的人，写出的书话也会很不相同。因此阅读书话时，需要多做些区分，加一点儿小心。

不过阅读中，我也产生了一个新的认识，有时好看的书话、好听的故事，并不在号称书话的著作中；有时不称书话的著作，可能更有书话的价值与趣味。近读徐俊先生的《翠微却顾集》，使我的感觉愈发强烈。阅读之中，我有了两点评价：一是学术性很强，二是非常好看。

先说其一，中华书局的前辈程毅中先生称赞此书：为专家学者补写外传，是艺文志的大序，是中华书局局史长编的资料。此言不虚，深一步还有两点难得：首先是文如其人，只有人品学品端正的人，才能写出如此温良恭俭让的忆旧文章。正如程先生评价徐俊的三句话："对历史的尊重，对文献的敬畏，对前贤的追慕。"其次是道不虚行，中华书局乃中国书界的百年圣地之一，身处其中，使人有了与环境结合的可能性。徐俊说："在一个悠久、优秀的传统中工作、生活，是幸运的、幸福的，我们是这个传统的一部分，我们承继传统，又为传统增添新的价值、新的色彩，因而也放大和延长了我们自身。"此说情理交融，我深以为然。有这样的治学原则，更兼徐俊学术功底深厚，融通规范，文字严谨，自然会提升著作的学术价值。

再说其二，徐俊善写文章，文风质朴，语言谦逊。书中记述那么多重大事件、重要人物，颇为难得，却没有一丝夸张的口气。有言"中华风度"，代表人物有杨伯峻、周振甫、赵守俨、傅璇琮，徐俊作为一任掌门人，深得其精髓，落笔可信、可读、可亲。如果我们将他写的一些故事归于书话类，又会产生更好的阅读感受。比如他说，一九四九年后中华书局校史中有三位重要的人物：一是顾颉刚，他从一九五四年按照毛泽东指示出任《资治通鉴》总校对，组织十二位专家点校，同时开始点校《史记》，成为修订二十四史总其成的人物。二是宋云彬，他在一九五八年九月十三日从杭州调入中华书局，背负着"右派"身份，成为点校二十四史的第一位责任编辑，留下"上午劈柴，下午校史"的故事。二〇一五年，宋先生孙辈将家中珍藏书画拍卖，所得近一千四百万元全部捐给中华书局，设立宋云彬古籍整理出版基金。三是赵守俨，他是《清史稿》总修撰赵尔巽的后人，一九五八年从商务印书馆调入中华书局，成为点校二十四史的核心人物，档案里留下大量毛笔手书，"翠微校史"第一份档案材料也是他写的。徐俊评价："案牍公文书法能达到赵先生水平，后无来者。"

徐俊讲述的人物还有很多，再略说二位：一是王仲闻先生。他是王国维次子，长相酷似父亲，沈玉成称他"子之于父，如明翻宋本，唐临晋帖"。他中学毕业即工作，但家学深厚，精熟唐宋文献，常以宋人自许。由于政治原因，他只能在中华书局做临时编辑。一九五九年四月《全唐诗》点校说明后属名"王全",实为王仲闻、傅璇琮二人。《全宋词》重印七次都没有他的署名,直到出简体字版,才加上"王仲闻参订"。二是王仲荦先生。翠微校史,有"南王北唐"之说,此中的"南"指南朝五史,"北"指北朝四史,"王"指章太炎弟子王仲荦,"唐"指唐长孺。单说王仲荦的故事,一九八六年他在书房中去世,周一良挽联:"章门高弟一生游心文与史,吾道先驱两部遗编晋到唐。"王先生的夫人郑宜秀将书房锁了五年未动,将王先生的手稿《宋书校勘记长编》始终安放不动,直到二〇〇八年交中华书局影印出版。

还有一些难得的书话,如蔡美彪先生是起草点校二十四史第一份会议纪要的执笔人,他晚年将自己珍藏的《元典章》赠送给中华书局。顾颉刚曾向周扬推荐三位学生刘起釪、黄永年、王煦华,请他们来京帮助校史。张政烺曾被任命为中华书局副总编辑,但未到任。陈寅恪的著作未能在中华书局出版,事关杨荣国、金性尧。还有汪篯与《唐六典》,王先谦与《新旧唐书合注》,周振甫与钱锺书《管锥编》《谈艺录》的审读交流云云。

徐俊承继传统,毛笔字写得极好,清新自在,不着匠气。我曾向他求字,他录汪曾祺句:"往事回思如细雨,旧书重读似春潮。"徐俊说当初请启功先生看他写的字

"顾长康从会稽还,人问山川之美",启功委婉指出其中"问"字草法错误,还取出《壮陶阁帖》拓本让徐俊带回去练习。而徐俊看启功写字,说出两点惊奇:一是慢,包括略带飞白的出锋竖笔。二是随时补笔,甚至重复已写的笔道,无论粗细,每补都精准到位,真令人叹服。

存几本畅销书

我在整理书房时发现一个现象：有一个门类的书始终与我如影相随，那就是畅销书。对读书人而言，此类书是一个充满歧义的存在。二十多年前，我写过一篇文章《畅销书，一面追风，一面追问》，后来我在海外出版随笔集"二十年大陆出版的人与事"，书名就叫《一面追风，一面追问》，这本书的大陆版即《这一代的书香》。至于我们在"追问"什么？归结起来，大约有五点：

现当代意义上的畅销书概念产生于何时何地呢？它产生于一八九五年美国《书商》杂志，英文词 bestsellers，是在某一个时间段里，图书销量的排行榜。据杨虎先生文章，一九七九年董鼎山先生在《读书》第二期发表《美国1978年度最佳畅销书》一文，首次将这个商业概念引入中国。

销量大的书就会被称为畅销书吗？不一定，因为畅销书被定义为市场化的产物，它的数量必须是从书店或网店的收银台上累加出来的，而不包括其他方式的发售，比如学生教材就不在其列。

畅销书一定是好书吗？不一定，它的铁律是有市场销售价值的书，而不一定是有文化价值的好书。所以畅销书又被归于流行文化的范畴，其中常常包含着许多世俗，甚至低俗的作品。比如某年《莫妮卡的故事》上榜，我问一位西方出版家："此书是美国今年的文化头牌吗？"他连忙回答："不，是垃圾头牌。"

畅销书与长销书是什么关系呢？两者不能画等号，但前者转化为后者的例子很多，如《傅雷家书》《我们仨》；后者转化为前者的例子也不少，如《围城》。前者转化为经典的例子也有，如《随想录》《平凡的世界》。不过更多的长销书可能永远不会成为畅销书，但它们永远在重印销售，永远伴随着一代代新人成长，历经几千年而不衰，那就是《易经》《道德经》《论语》一类经典著作。

畅销书的出现可以预测吗？一般说来，畅销书是不可知的，或曰可遇而不可求。早些年有统计称，美国每年出版五万本新书，最终能够成为畅销书的，平均每年只有三十几本。所以，在某种意义上，畅销是非常态，平销或滞销才是常态。不过许多年来，出版人寻找畅销书的热情始终未减。他们的追逐大体有两个方向，一个是"发现畅销书",诸如斯科特·伯格《天才的编辑》,后被改编成电影《天才捕手》,讲的是编辑麦克斯·珀金斯发现菲茨杰拉德、海明威、沃尔夫的故事。那些优秀编辑很神奇,他们只需要与作者约一次见面,喝一杯咖啡,聊天时翻几页书稿,作者与作品的价值就已经了然于胸了。此类故事中国也有很多,过往畅销一时的书,哪一个背后没有一段传奇呢?还有一个是"发明畅销书",或曰策划。高水平的策划,如陈翰伯先生、陈原先生之《汉译世界学术名著丛书》,钟叔河先生之《走向世界丛书》,他们的成功经验已经成为编辑策划中的经典案例。虽然好的策划未必能出畅销书,但有些策划的图书既是好书又能畅销,如范用先生之《傅雷家书》《随想录》《牛棚日记》、董秀玉先生之《我们仨》《给孩子的诗》,就市场经济而言,他们确实是高手中的高手了。更多的策划乐于追风,或剑走偏锋,或打擦边球,或越俎代庖,或编创联手"往下奔"(dumping down)。总之,手段花样翻新,有时也会赢得几十万册的印数。

说完畅销书五问,再回到我的书房中,说一说我存放畅销书的理由。虽然畅销书的定义不以书的好坏为标准,但在榜单中好书还是大量存在的。在国际上,一九九七年查尔斯·弗雷泽的《冷山》,被誉为"南北战争版《奥德赛》""与《飘》比肩的文学经典",获美国国家图书奖,被改编成的电影获奥斯卡六项大奖提名。中国也有很多类似的案例,如范用先生策划的《傅雷家书》,由畅销而长销,累计印数达二百多万册,而且至今还一直在印,我按年代存留了此书的几个版本。另外,我还曾经拿到《傅雷家书》的版权,出版了一个辽宁教育出版社的版本。当时已经退休的范用先生依依不舍,写信给我,希望我们能够保持该书的传统与品质。董秀玉先生策划的《我们仨》,我也存有一册,二〇一一年九月第三十四次印刷,印数达到七十九万多册。如此畅销书中的好书,我的书房中当然要摆放了。

畅销书是一个时代流行文化的重要印记。我曾经将经典与流行比喻成高山与流水,它们有各自的存在空间,不可或缺。比如全球化的文化印记,在畅销书中也有生动的表现。上世纪九十年代初,《廊桥遗梦》几年间都在国际畅销书榜上,中文版销量也不小。二〇二二年我找到译者,希望能改装几本真皮书留念。译者还笑着回话:"看来晓群也不能免俗。"还有《相约星期二》《谁动了我的奶酪》《吉尼斯世界纪录大全》《窗边的小豆豆》,都是知名的国际畅销书,连年上榜。作为一个出版人、读书人,对于这样一些畅销书,无论是为了纪念还是为了研究,留存几册在书架上都是一件有趣的事情。再有一套《莫言作品典藏大系》二十六卷,曹元勇先生策划,印装精美,从畅销到长销,再到诺贝尔文学奖的阵仗,更具有纪念意义。

畅销书的背后,往往会留下许多难忘的故事。比如春风文艺出版社的小说,我存有很多,原因是我们同在辽宁,同属于一个出版集团,同在一座大厦中办公,熟悉的同事与朋友很多。后来我来到辽宁出版集团工作,与他们的接触更多了一些。难忘的书有《明末清初小说选刊》,还有《布老虎丛书》等。安波舜先生策划《布老虎丛书》时,提出"爱情是永恒的主题"的出版理念,旗下聚合了一大批一流作家,创作类型有小说,有散文,每本书开机都是十万、二十万的印数,留下令人难忘的出版案例。回想那些年我们之间的交往,一次是在出版大厦中(那时我还在辽宁教育出版社工作),我们上下楼走个碰头,他停下来对我说:"晓群,听说你签下了米兰·昆德拉的全部作品,我们能否合作呢?"后来我们先后来到北京工作,在两次《新京报》的年度颁奖活动中,我们都相遇了。我领取"幾米绘本"的奖项,他领取几本畅销书《痛并快乐着》《我不是潘金莲》的奖项。他说在长江文艺出版社,每年都会做一两本畅销书,像《一句顶一万句》等,每一本都是五十万册开机。再者,春风文艺出版社有出版畅销书的传统，后来有《青春文学》《小布老虎丛书》上市，有些书印数巨大，在社会上引起不小的轰动。那时我已经很少看小说了，但因为职业需要，我的书房搬来搬去，这些书还是留存一些在书架上。

有前辈说，从事编辑工作，如果没做过畅销书，没经历过那种惊心动魄的体验，将是一件很遗憾的事情。我从事编辑工作近四十年，回忆一下，曾经做过哪些畅销书呢？有哪些成功或失败的例子？先说成功的例子，首先是《中国读本》，它从辽宁到北京，由畅销到长销，陆续出版过二十几个版本，累计印数一千多万册。但许多印数都是通过读书活动实现的，不太符合畅销书评定的原则。其次是"幾米绘本"，依然是从辽宁到北京，幾米先生一路绘画，我们一路出版，累计印数也不止一千万册，像《向左走，向右走》《月亮忘记了》《我不是完美小孩》《拥抱》等，都有近百万册的印数。这是一套典型的畅销书，引入大陆市场时还是留下了许多故事。最初外方说，幾米绘画风格在海外可以畅销，大陆可能需要数年之后才会接受这样的艺术形式。我不甘心，就想尝试一下，结果一试而中，畅销不止。

最后说一个不太成功的例子，那就是《吉尼斯世界纪录大全》，在国外连年上畅销榜，年销售量经常达二百多万册。但我们引进后印数始终达不到畅销的高度。什么原因呢？有人说是我们的营销能力不够，也有人说是受文化差异的影响。

这个时代的全集

在我的书房中，存有多套个人全集，还有一些文集、选集、集等，著述者都是古今中外知名人物。望着一排排巨著，我的脑海中会有一连串问题浮现出来，有自问，有反问，有诘问。对于前两者，我通常的做法是自问自答。诘问则是一种质疑，对人物，对作品。好在目前我的书房中，尚无让我质疑的全集、文集留存，因此本文暂且不做相关的述说。

一个人能够出版全集的标准是什么？仔细思考，它是一个模糊的概念。有观点认为，全集的作者应该是人类社会中十分优秀的人物。其实现实中的情况，远比人们的想象要复杂得多。或者说，出版全集并不是判定一个人优秀与否的标准。有些人的思想流芳百世，却只有谈话录一类文字留存下来，因此不会有全集出版。有些人能够出版全集，只是得益于他所处的时代或环境。有些人的全集内容，只与他的经历与历史事件有关，而非学识使然。有些人的全集不伦不类，可能是政治化或利益化的产物。更多的人即使有全集出版，依然不能断定他的历史地位，随着时间的流逝，他可能很快会在人们的记忆中消失。总之，全集是一个独特的出版门类，它的价值因人而异，我们需要多一些理性的判断与思考，既不必神化也不能矮化。

为一个人出版全集，有时会是有组织的行为，但更多的时候，它是一件非常个人化的事情。至于个人与组织的关系，会有很多不同的情况，难以尽述。记得上世纪九十年代初，我与湖北的王建辉先生在北京初次见面，他谈到一个观点："如果条件允许，争取有计划地出版一些个人全集。"后来建辉兄陆续寄送我《胡风全集》《闻一多全集》《李四光全集》，多数是他编辑出版的项目。受他的影响，我在做自己的出版布局时，始终有全集这个板块的存在，陆续推出的产品有《吕叔湘全集》《傅雷全集》《李俨钱宝琮科学史全集》《顾毓琇全集》《丰子恺全集》。

那些年，我还专门向沈昌文先生请教过出版个人全集的事情。他问我眼下最想编谁的全集，我说到钱锺书先生，沈先生连连摇头说此事做不了，还是不要去想了吧。我又说到吕叔湘先生，沈先生有些犹豫，最终还是同意了。他很快带领着我们去吕家，商量签订《吕叔湘全集》的合同。接着沈先生向我推荐做吴阶平先生的全集，我担心内容太专业，沈先生又推荐我做陈原先生的文集。陆灏先生还提出过组织出版黄裳文集的事情，黄家一直对他极为信任。

一个人的全集应该何时编辑出版呢？一般说来，需要在作者逝去之后，再启动编撰全集的工作，所谓盖棺论定。如鲁迅先生去世后，胡愈之先生立即主持出版《鲁迅全集》，留下了多重的纪念意义。有一些老先生年事已高，不再动笔写文章了，也可以在他同意的情况下，开始组织出版他的个人全集。如吕叔湘先生，他一生做事认真，为人豁达，对沈昌文极好。沈先生当面向吕先生表示，要为他出版全集，吕先生回答："好啊，我的东西都交给沈昌文去做吧。"

不过许多老先生在世的时候，对于"全集"二字还是很敏感的。一九九八年，我们与周一良先生商量，希望出版《周一良全集》，后来改称《周一良集》，繁体竖排。周先生在后记中写道，出版社的热情和对学术的尊重，最终让他打消了出版全集的惶恐和顾虑。出版社还同意不以"全集"命名，此番心意，实在令他感动。还有一九九九年，北京三联书店出版《钱锺书集》，杨绛先生代序开篇写道："我谨以眷属的身份，向读者说说钱锺书对《钱锺书集》的态度。因为他在病中，不能自己写序。他不愿意出《全集》，认为自己的作品不值得全部收集。他也不愿意出《选集》，压根儿不愿意出《集》，因为他的作品各式各样，糅合不到一起。作品一一出版就行了，何必再多事出什么《集》。"

一九九六年，沈昌文先生带领我们拜见陈原先生，商量为他出版集子的事情。结果"全集""文集""选集""集"都被他否定了，最终我们客随主便，出版一套三卷本《陈原语言学论著》，还有《总编辑断想》等小册子。为何要否定呢？那时陈先生年近八十，笔锋正健，四处发表文章，比如他以笔名"尘元"，在《万象》杂志上开设专栏《重返语词的密林》。他的文字时尚而睿智，丝毫不见衰老之态，单行本的书也在不断出版，当然不必急着整理成集了。

不过此类事情，有时也有一些特殊的状况需要考虑。沈昌文先生去世后，我们讨论为老人家出版集子，本应该出版《沈昌文全集》，但有些资料一时难以收全，比如沈先生手勤笔勤，书信巨多，而且质量极高，此前他的《师承集》《师承集续编》出版，轰动一时，现在征集信件，一时难以达到尽善尽美，所以我们只好暂时出版《沈昌文集》，其中收有一册《沈昌文书信选》。接着，我们会继续收集沈先生的文字资料，等待成熟时再推出老人家的全集。

我书房中收藏的全集，哪一套印装最漂亮呢？在我的心目中，有两套全集颇为震撼。一套是中华书局出版的《顾颉刚全集》，共六十二卷。我对顾先生崇拜，缘于上世纪八十年代末，在我写《数术探秘》时，读到上海古籍出版社影印版《古史辨》，深为书中的文章所震动。后来我读到李学勤先生一段回忆，李先生说早年在旧书摊上见到《古史辨》后便爱不释卷，从此走上史学研究的道路。李先生是我的师辈，他的故事让我对顾先生愈发敬重有加。十年前我见到中华书局的新书目中介绍《顾颉刚全集》出版，立即收入一套。此书规模巨大，装帧大气，材料也好，只是繁体横排，看上去有点儿不舒服。

再一套是《丰子恺全集》五十卷，是我从出版社退休之前的收官之作，全书的各项指标都是顶级制作。尤其是其中二十九卷漫画，主编吴浩然先生与丰家交流研究多年，用功至深，从收藏数量到真伪鉴别，堪称当代丰子恺漫画研究一绝。我们知道市面上丰子恺漫画伪作极多，吴先生几乎拥有全部漫画真品的高清底版，数量几倍于市面上流传的画作，此次都收入全集之中，极为珍贵。有人开玩笑说，全集中的每一幅漫画印制之精良，材料之上乘，都可以裁剪下来，装裱成艺术品来欣赏，这也是此套全集的价值之一。

在我的收藏中，还有一套印装精美的《熊秉明文集》十卷本，全书四色印刷，版式设计深入到每一页的细节之中，收图、用字、着色都十分考究恰当，整体装帧清楚地表达着出版者对艺术与艺术家的尊重。编辑的心血凝铸，近乎偏执的字斟句酌，精工细作，真让人敬佩。

书房中的全集，我最喜欢哪几套呢？《鲁迅全集》，人民文学出版社一九八一年第一版。一九八二年初我结婚，父亲以此作为礼物送给我们，每册都钤有母亲的印章。还有《吕叔湘全集》，这是沈昌文先生教我做的第一套全集，我称沈先生为师父，如何编辑出版全集，正是我拜师学艺的重要一项。

另外我喜欢的个人文集有《钱锺书集》特装编号本，我收藏的是第十四号，附赠一个红木书架。再有《陈寅恪集》精装十四册，北京三联书店版，全套书设计端庄稳重，简洁大方，历史与时代感兼容并蓄，书香之气极浓。不像我编的书，时常会迎合市场化的需求，在书装上加入一些艳俗的元素，说是追求大雅大俗，实际上还是没有真正达到脱俗的境界。

总结我所存全集，还有几点记录：一是古代人物的全集不多，有王晓朝译的《柏拉图全集》等，还有多套中国古代典籍，其余的都是近二百年相关的人物全集。二是常读的全集，为学习与写作之需，有《饮冰室合集》《胡适全集》《张元济全集》《王云五全集》。三是阅读每套全集的序言是一件很有趣的事情。它们都出自一些名家、专家的手笔，文章写得极好，是一道独特的风景线，如汪子嵩序《柏拉图全集》、杨武能序《歌德文集》、柳鸣九序《雨果文集》等。好文章列队而来，好看的文字还要提到季羡林先生。季先生为《胡适全集》作序，他有学问，重道德，有感恩之心，文笔轻松自然，读起来实在是一种享受。

谈谈文库版

在我的书房中，存有一些成套的书。对它们的称谓颇为混乱，有称文库、丛书、全集的，也有只列题目不列套书称谓的。为什么会这样呢？做一点儿研究可以发现，它们或刻意而为之，或约定俗成，或随性而为。总之背景复杂，非一语说得清楚。

此处单说一下文库与丛书的使用。我对这两个概念的认识，有一个变化的过程。最初是随意将它们等同起来，使用时并未觉得有什么区别。后来读到出版家王云五的《岫庐最后十年自述》，他在八十几岁时给员工讲课，其中第二讲专论"丛书"，给出三个观点：其一，在中国将文库等同于丛书，是他的首创。比如《万有文库》，最初命名为《千种丛书》，后来感到千种不足，才改为万有。至于丛书改称文库，王先生说，源于文库的英文是library，兼有图书馆与丛书两个意思。其二，文库与丛书这两个词，中国古已有之。丛书之名产生于唐代，但名不符实或有实无名，真正与现代意义类同的丛书，始于明代的《汉魏丛书》。文库之名产生于宋代，《宋史·艺文志》有记："金耀门内，有文库。"其三，王先生规劝文人要重视丛书的出版，并引张之洞的话调侃说："人自问功德著作不足以传世，则莫如刊刻丛书以垂不朽。"

此处有几点说明：一是上述内容是王先生的讲话稿，其中有些引文并不是准确的原文。比如他引《宋史》一句，原书中未查到，我国典籍中亦鲜见"文库"一词，宋代建金耀门称"文书库"，实为国家档案库。二是王先生引用张之洞之言也不准确，在《书目答问》原话中，并无"丛书"二字，张之洞写道："凡有力好事之人，若自揣德业学问不足过人，而欲求不朽者，莫如刊布古书一法。"三是上世纪二十年代以降，王先生还在商务印书馆编过另一套文库，即《东方文库》八十二种一百册，续编四十五种，内容即为《东方杂志》各期的重要文章。

近日见到西书收藏家王强，我向他请教：在西方人的观念中，文库与丛书有区别吗？他说：当然有。首先，就高下而论，文库在上，称 library，偏重图书馆之义，如《人人文库》(*Everyman's Library*)，《现代文库》(*Modern Library*)。其次，文库的出版更为规范，更有计划性，更注重经典的推出与再现。丛书相对较弱，称 series 或

collection，如《企鹅丛书》（*Penguin Series*）。丛书的构成比较随性，偏重个性、时效性、普及性、文学性，收书数量或多或少，更为自由。不过如今《企鹅丛书》也有经典系列面世，堪称丛书之中的文库了。

有了上面的讨论，再回到我的书房中。暂且不论我们的观念偏重于何处，单说在我的存书中，有哪些以文库命名的书值得提及呢？还有哪些未以文库命名而实为文库的书呢？

首先是一套出版较早的文库，我存有东方出版社的全套《民国学术经典文库》，薛德震主编，分思想史、历史、文学史三个门类。这套书称文库名副其实，我很喜欢。其次是一套外国的文库，我存有几册《岩波文库》图书，不过开本太小了，这套书已经有近百年的历史，至今绵延不绝。再有台湾商务印书馆的《人人文库》，我存有其中的几十册，它于一九六六年开始出版。此套书仿英国《人人文库》的名字，实则彼此的追求不同。主编王云五在序言中写道："除与英国之《人人文库》比拟，且后来居上。关于新知识之介绍仍略仿英国《家庭大学丛书》。"到一九七九年王先生去世，这套书出版两千二百多种，此后还有延续。再者未称文库而实为文库的套书，我存有《古籍今注今译》《二十世纪中国史学名著》《中国现代学术经典》《牛津通识读本》。

我颇为看重的文库是《中国文库》，书房中存有近百本。此书由中国出版集团创编于二〇〇四年，旨在总结二十世纪以来中国优秀文化与出版成果，分为六个门类，计划出版十集约一千种，至今大约出到第五集。组织者的做法是投入资金，从各个出版社遴选出优秀著作，统一装帧，再由原出版社用原版印刷出版，最后统一采购。这样的组织方式易操作，品质高，见效快。在聂震宁、李红强等先生主持此事时，曾经收入辽宁教育出版社的几本书，我记得有《世界数学通史》《天学真原》《数学历史典故》。

在我的书房中，最重要的文库是《万有文库》《新世纪万有文库》《海豚书馆》，前者出版两集一千七百余种，中者出版六集不足四百种，后者出版八十多种。先说《万有文库》，我存有几十本，纸张已经泛黄，非常容易破裂，每次翻看，书桌上都会落下大大小小的纸屑，已经不能正常阅读了。它的存在只是一种象征，或是在查找资料时偶尔拿起，轻拿轻放。那是在上世纪二十年代，中国图书馆运动刚刚兴起，王云五追随张元济、高梦旦诸君，以商务印书馆已有书目为基础，组织出版的一套大型文库，旨在"以全国全体图书馆为对象"，为他们配送优质廉价的书。参与编辑的人物，"友人方面如有蔡孑民，胡适之，李石曾，吴稚晖，王亮畴，凌济东，秉农山，杨杏佛诸君；同人方面如张菊生，高梦旦，何柏丞，傅纬平，朱经农，竺藕舫，杨端六，郑心南，杜亚泉，段抚群，程寰西，李拔可，盛桐荪，何公敢，刘南陔，江伯训，冯翰飞，顾寿白，黄绍绪，高觉敷，陆侃如诸君"(《印行〈万有文库〉缘起》)。按规模计算，《万有文库》是当时世界上品种数量最多的套书，《纽约时报》称赞它在界定和传播知识上是最具野心的，"为苦难的中国提供书本而非子弹"。《万有文库》出版时，中国正处于抗战时期，组织工作极为困难，用纸很差，排版极密，但为让民众有书可读，出版人一直在坚持。如今这些书都成了历史的见证，很值得我们后来者致敬。

在六十多年后，我们追随前辈的文化精神，在辽宁教育出版社推出《新世纪万有文库》，参与的专家有陈原、王元化、李慎之、任继愈、刘杲、于金兰、顾廷龙、程千帆、周一良、傅璇琮、李学勤、徐苹芳、傅熹年、黄永年、金克木、唐振常、丁伟志、黄裳、董桥、劳祖德、朱维铮、林载爵、董乐山、殷叙彝、陈乐民、蓝英年、汪子嵩、赵一凡、杜小真、林道群，策划人有杨成凯、陆灏、沈昌文。而整个工作推进，真正的操盘者或曰精神领袖，正是沈昌文先生。从一九九六年始，《新世纪万有文库》陆续推出六辑，沈公写了五篇序言，只有第三辑未写，原因说法不一。五篇要义：第一辑"我们正在做一件好事情，先人们已经做得很好了，我们还要老老实实地做下去，力争好起来"。他提出"站在巨人肩上"的理念。第二辑引马克思名言："我们的事业并不显赫一时，而将永远存在。"提出"菜篮子工程"的理念，即读书"不但要有主食，还要重视副食"。第四辑提出"向后看"的理念，"据我们浅见，造就一代新民，在众多英豪前瞻未来之余，实在还需要研读旧籍前典，了解历史故实，掌握前人经验"。第五辑提出"保留书目"的理念，引陈原的话说："如果我们出一本书，扔一本书，那么，办出版社就没有什么成效了。"第六辑称赞"书香社会"的理念，称赞学习型社会的追求，但他叹息"我们总觉得快要和《文库》话别了"。时值二〇〇三年。

二〇一〇年，北京海豚出版社创办《海豚书馆》，全套书分为六个子书系，总策划沈昌文、陆灏，专家有孙甘露、董桥、陈子善、葛兆光、傅杰、陆谷孙、朱绩崧。最初我的想法是为《新世纪万有文库》做续编，但陆灏提出"新文库版"的概念，他主张与此前的文库比较，我们的文库版要做得精致些、精巧些，故而提出"大作家、小作品、小精装"的出版理念。此时沈昌文先生已经八十岁了，他带着我去上海组稿，还为我们写了一篇序言《"海豚书馆"缘起》，文字情真意切，至今读起来依然会让人泪目。

日记中的故事

在我的书房中，有一架关于个人传记、年谱、日记的书，貌似传记最多，其次是年谱，再次是日记。此番整理它们，我本想先从日记入手，渐次由简入繁。没想到真正研读下去，"少"只是假象，实际上作家们日记文体的著作，或者假日记之名的著作，几乎存在于我存书的所有门类之中。略作清点如下：

其一，许多个人全集如《鲁迅全集》《胡适全集》《闻一多全集》《郑振铎全集》《张元济全集》《王云五全集》，或多或少都有日记收存。其二，独立成书的日记，中国的有《能静居日记》《王韬日记》《过云楼日记》《蔡元培日记》《胡适日记全编》《徐铸成日记》《高凤池日记》《清华园日记》，外国的有《达尔文日记》《托尔斯泰夫人日记》《画商詹伯尔日记》《拉贝日记》《东史郎日记》。其三，未以日记命名而实为日记或准日记的著作，如《岫庐最后十年自述》《费孝通晚年谈话录》《〈读书〉十年》《一个人的出版史》。其四，日记体的文学作品，如《狂人日记》《紫阳花日记》《和泉式部日记》。其五，与日记密切相关的著作，如《越缦堂读书记》从《越缦堂日记》中摘编而成，《纪德读书日记》从《纪德日记》中摘编而成，《扶桑游记》可与《王韬日记》对读。其六，专门研究日记的杂志《日记》，于晓明主编，还有《本色文丛》中于先生主编的日记系列，收入张炯、胡世宗、朱晓剑等人的十几部日记。其七，以日记之名转用或说事儿的著作，如陈子善先生的《不日记》，原为《文汇报·笔会》上专栏的题目，由陆灏先生为之命名为"不日记"，请陈先生每周写出千字以下的读书小记。再如胡洪侠先生的《非日记》两卷，书题是受乔志高《听其言也》中"非书"（non-books）一词的启发，创造"非日记"名目。《非日记》由沈昌文先生作序，他称赞"胡兄为文，亦正亦邪，有情有趣……照我的理解，这就是有日记之实，而不用日记之名"。还有齐格蒙·鲍曼的《此非日记》，鲍曼说自己不是为了写日记而写日记的："我怀疑我是个天生的或者被造出来的书写狂……一个瘾君子，每天都需要一定的剂量，否则就要准备去承受放弃职守的折磨。"

鲍曼在他的著作中还提到一个重要问题，即日记存在的本质是什么。他的回答是"无意识"。鲍曼引用若泽·萨拉马戈的话:"我相信我们说的每一句话,做的每一个动作……都可以当做无意识的零细碎片,不管它们有多无意,或许也正是它们的无意,它们比任何付诸纸笔有关生活最详细的描述都要更真诚或者真实。"萨拉马戈的代表作是《失明症漫记》,他于一九九八年获得诺贝尔文学奖。这段话摘自他的一部类似日记的作品中。

由此想到日记文体的定义,这不是本文主要谈论的问题,但现实中存在的现象十分混乱,无法也不可能轻下是与非的结论。比如,生前出版或死后出版的日记,主动出版或被动出版的日记,经过改动或原封不动的日记,为了公开而写的日记或不想公开却被公开的日记,等等。凡此种种,孰是孰非呢?它们每一种情况的背后都有着丰富的故事,或坦荡,或苛求,或掩盖,或有心,或无奈,或者为了社会因素,或者为了个人隐私,无论怎样做,都是一个人自我表达的权利。至于在作者不知情的状况下,他的日记被别人擅自删削改动,就值得商榷了。无论这里的"别人"是谁。

由此想到,通常人们将日记文体归于文学创作,也有一定的道理。比如达尔文老年时说:"我的第一个文学产儿的成功,比之任何其他著作,辄不禁沾沾自豪。"他说的这个"文学产儿",即指《达尔文日记》。此书原稿由铅笔写成，达尔文将日记内容记在一种袖珍的笔记本上，共有十八本。达尔文回国后对其进行整理，于一八三九年出版，以后多次修改重版。一九三三年，达尔文日记的铅笔原稿由达尔文的孙女整理付印。

其实所谓日记，大体分为生活日记与工作日记两种。对于生活日记，它们的基本特点是不起草，不修改，一气呵成，不避隐私，不想示人，更接近于无意识写作。由此想到，今人写日记最好要保持纸本书写的传统，这样的文本即使被修改也会留下痕迹。这也是许多人喜欢收藏影印版日记的一个原因。如果在电脑或手机上书写日记，人们在整理时随意修改便痕迹全无了，由此丢失了撰写日记的许多意义。说到这里，我却想到《翁同龢日记》的故事。戊戌变法失败后，翁氏被革职永不叙用，随时有被缉拿的危险。为此他做了两件事，一是挖了一口深井，随时准备自裁。再一个是他将自己的日记四处转藏，还修改日记的内容，比如在记载与康有为商谈时局等内容后，补写"狂甚"一类文字；将见康有为改为见李慈铭；将某一天的日记干脆撕去，另贴一页。据言，一九二五年商务印书馆涵芬楼影印出版《翁文恭公日记》时，对内容还有删改。

对于工作日记，发表者很多，但情况复杂，有纯粹的工作日记，也有与生活日记混杂在一起的工作日记。我看重的工作日记，一是张元济先生一九一二年至一九二三年写的《商务印书馆馆事日记》，记事详细连续，几经磨难，最终整理完成。而一九二六年张先生退休后，每年记有一册生活日记，到一九四九年共计有二十余册，如今仅存一九三七年日记残篇。另外他于一九四九年九月、十月参加中国人民政治协商会议第一次代表大会时，记有两本日记。以上文字均收入《张元济全集》六卷、七卷中。二是扬之水的《〈读书〉十年》，这本日记记载了她在《读书》杂志工作十年的故事，出版后成为畅销书。总结原因，首先是作者的文笔好，文字有思想性，其次是《读书》的江湖地位，再次是三联书店暨《读书》的作者群，包含了那个时代众多的精英人物。扬之水在此书第一卷的后记中说，这是她从全部日记中挑拣出来的几十万字，删去了日常的读书笔记，以及个人的一些琐事。

现今书市上有名的日记不少，我书房中存放的却不多，主要是许多日记篇幅太大，所用有限。比如清末重要的日记像《翁同龢日记》《能静居日记》《越缦堂日记》等，我仅存有《能静居日记》。整理者唐浩明先生在《能静居日记》序言中讲述一段故事：当年高阳先生想亲自整理这部日记，他还亲笔誊抄了一部分日记，不久因病逝而搁浅。后来唐先生在访问台湾时遇到一位学者,这位学者将高阳先生的手稿复印件交给唐先生。还有《越缦堂日记》,作者李慈铭学问极好,但他以日记成名却颇受后人诟病。鲁迅在《三闲集·怎么写》中批评他:"早给人家看,钞,自以为一部著作了。我觉得从中看不见李慈铭的心,却时时看到一些做作,仿佛受了欺骗。"陆灏、傅杰策划《新世纪万有文库》时,收有李慈铭的《越缦堂读书记》,此书就是从《越缦堂日记》中辑录出来的。其实一边写日记一边发表者,我还存有《王韬日记》《胡适日记》,他们都是有大才华的人,似乎也没有像李慈铭那样刻意去做什么。

还有受到查禁或被告上法庭的日记,如《拉贝日记》《东史郎日记》。再有至今没出完的日记,如《徐铸成日记》七十万字,只出版了二十万字,其余的文字尚在整理之中。

我书房中的日记,哪部最好看呢?当数辽宁美术出版社出版的《画商詹伯尔日记》,责任编辑是出版前辈李宝义先生,我的老领导。这本书中记载了许多名人故事,比如詹伯尔与普鲁斯特的交往。普鲁斯特说,他最佩服巴尔扎克,要反复读他的作品,其次是圣西门公爵。有一天普鲁斯特半夜去拜访詹伯尔,他面色红润,像个壮丁,毫无病态，口中却一直说："我气数将尽，气数将尽。"几个月后普鲁斯特就死了。詹伯尔还记载了他去莫奈家中买画，以二十万法郎买下两幅女人乘舟的作品。莫奈说，画中的两个女人分别是他的儿媳与姐姐。有画商说詹伯尔占了便宜，他们估计每条船都值五十万法郎，甚至上百万法郎。莫奈还说，他曾经去看望躺在病床上的马内，当时马内因患静脉炎被截去了下肢，但马内神志不清，他还对莫奈说："请你帮助我看住我的两条腿，他们要截，我不同意。"真可怜啊。

架上书话知多少

在我的书房中,相对而言,哪一类书最多最杂呢?应该是"关于书的书"。通常我将此类著作归于散文、随笔,它们的名字以"书话"一词为主干,变幻出老话、琐话、清话、闲话、杂览、笔谭、读书记等种种题目,只要以书为谈论对象的著作,都可以在这里集合了。

说到我书房中这类书最多最杂,需要做一些解释。

先说最多,这与我的职业有关,做出版的首要任务是选书,大量阅读关于书的书,正是从事编辑工作的必修课。再者还与我早年基础阅读不足有关,上大学时我学的是数学专业,后来因为工作需要由理转文,文史哲阅读方面出现一段知识结构的跳空。应该如何补足呢?有一条捷径,那就是多看看前辈或智者是怎样做的。因此,在我的书架上书话便存在最多。

再说最杂,细想一下,书话是一个宽泛的概念,从形式到内容,整个门类的构成都有些随意。且不论书话产生的源头或最早的著作，单说书话的定义，通常人们喜欢引唐弢先生的话："书话的散文因素需要包括一点事实，一点掌故，一点观点，一点抒情的气息；它给人以知识，也给人以艺术的享受。"这段话出自《晦庵书话》序，唐弢写于一九七九年。其实这里面有三个问题需要说明：一是书话文体的归属，历来有些异议。细读这一版《晦庵书话》，它的内容由五部分组成，即书话、读余书杂、诗海一勺、译书过眼录、书城八记，其中的第一部分"书话"，曾经在一九六二年由北京出版社以书话之名将之出版。当时唐弢为《书话》作序，一些观点更为直白明确。他说："我曾竭力想把每段《书话》写成一篇独立的散文：有时是随笔，有时是札记，有时又带着一点絮语式的抒情。"唐弢说周作人曾经来信，对他的那些短文表示好感。赵景深也对唐弢说："其实《书话》本身，每一篇都是漂亮的散文。"二是书话的传承，唐弢说他写《书话》继承了中国传统藏书家题跋一类的文体，叶圣陶也对他说："古书讲究版本，你现在谈新书的版本，开拓了版本学的天地。"三是唐弢还说这里有一个秘密，即《书话》是他用来锻炼笔头的"描红本"，十几年来他一直在努力写作，"虽然白发偷偷地爬上两鬓，而我还在为自己的描红本感到害臊"。

我写书话，是按照散文、随笔的文体落笔的。写作中最受陈原、沈昌文、钟叔河文字的影响，他们的相关著作如陈原《人和书》《书和人和我》、沈昌文《阁楼人语》、钟叔河《念楼学短》《书前书后》，一直摆放在我的案头。抽取它们的思想精髓，由书而人，由人而我，由我而讲述与书相关的故事，进而得到两点常识：一是翻检书目时始终要抓住两条主线，即人与书。找什么样的作者，读什么样的著作，最终决定你的境界与道路。二是书话写作或长或短，一定要牢记一些戒律：它们不是简介，不是缩写，不是广告，不能空评，不能无我，不能抄袭。

现在回到我的书房中，理出几个与书话相关的故事。

其一，以书话为名的丛书、套书，我存有傅璇琮、徐雁主编的《书林清话文库》，姜德明主编的《现代书话丛书》，绿林书房策划的《近人书话系列》《今人书话系列》，陈子善主编的《台港名家书话文丛》。此中收书，有些是后人整理前人的文章，为之命名为书话。这是当代流行的一种文化或商业风潮，能够为后学提供易读的版本，自然有其益处。上面列出的书话丛书中收入好书不少，以《现代书话丛书》列首位，其他丛书中我喜欢的著作也有很多，诸如陈子善《捞针集》、韦力《书楼寻踪》、扬之水《终朝采绿》、小思《书林撷叶》。

其二，有两个出版项目，它们虽然没有刻意以书话命名，但实在不乏书话中的上品。首先是子聪主编的《开卷书坊》，其中多有好书呈现，不经意间我的书架上已经有十几册在列了。这套书装帧简洁，小小的开本拿在手上，阅读的欲望与舒适的感觉同在。难忘的故事如扬之水的《棔柿楼杂稿》，她策划《茗边老话》时，不知何故，曾经写过两篇序言，一并记于《关于茗边老话》中。徐鲁的《温暖的书缘》，他阅读我的小书《前辈》时，写下《追慕前贤》一文，给我鼓励，让我感动。吴奔星的《待漏轩文存》，书中许多有泪水也有笑声的故事最为难得。比如齐白石画虾，历来只画三只，那天老人家高兴，动手多画了两只，送吴奔星一幅《五虾图》。再有钟叔河的《左右左》，一段时间里成为我的枕边书。其次是长期以来，北京三联书店出版的与书相关的许多书，有传统，有质量，我收存最多。早期的如茅盾《夜读偶记》、吴晗《读史劄记》《灯下集》、李一氓《一氓题跋》《一氓书缘》。后来的《读书文丛》，以及一些名家的系列著作，如徐铸成、曹聚仁、陈原、叶灵凤，堪称书迷读书生活的大本营。

说到三联书店，自然要提到辽宁教育出版社的几套书。那是在上世纪九十年代初，沈昌文先生从三联书店总经理的位置上退休，与几位同人以"脉望"之名，帮助辽宁教育出版社策划出版《书趣文丛》《茗边老话》《万象书坊》《新世纪万有文库》,其中许多书目都是对三联书店暨《读书》杂志的传承。单说《书趣文丛》六辑六十册,每辑都有沈先生亲撰序言,每篇各有主题,第一篇讲"读书致用也可能不立即致用",第二篇讲"我读故我在",第三篇讲"人是一根能思想的苇草",第四篇讲"许多时候阅读是非理性的",第六篇讲"选作者重表达形式甚于内容观点"。那么第五篇沈先生讲了什么呢?他是在解释《书趣文丛》不是同类书的始作俑者,而是从某出版社分流出来的稿子。为何要分流?一是选题太多,筛选下来;二是害怕亏本,无力列选;三是书稿已在手中,急于出手。所以沈先生说:"将不肖的'赔钱货'远嫁关外,配流他乡,隔不多时,流外之物居然成材……"这里的"某出版社"当然就是三联书店了。所以,我做出版一直宣称追随三联书店,追随沈昌文,追随韬奋精神,不是虚话。

其三,再说一些我笔记中的故事:一是曹聚仁有《书林新话》《书林又话》《书林三话》名世,有称他是"最早使用'书话'的先行者"(曹雷语)。二是吕叔湘在《未晚斋杂览》中讲买旧书真正的高手,关键在"不露声色"四个字上。吕叔湘讲到一位给学院编书目的爱书人,他走进一家书店,无目的似的登上一个梯子,不露声色地从最高一格取下一本书,他知道那是大英博物馆所没有的,但书店老板却不知道为什么，因为这位爱书人的博学要在书店老板之上。由此想到韦力写书话数量巨多，文风独树一帜，最好看的如《失书记·得书记》，其中也有许多不露声色或露了声色的精彩故事。薛冰的《旧书笔谭》中有《擦肩错过的珍本》一文，他说一九九二年在苏州古旧书店中翻阅《松坡军中遗墨》两部，发现其中一部中有梁启超手书题记与批语。这是一部已经湮没七十年的珍本，薛先生没有做到"不露声色"，而是将这部书的故事讲给书店经理听，结果人家不再肯卖，薛先生也与这部珍本擦肩而过。三是叶灵凤的《读书随笔》三卷，有两篇文章让人难忘，即《人皮装帧》《脉望》。后者讲脉望的故事出自《酉阳杂俎》，又讲到《北梦琐言》有记唐代尚书张褐的儿子，听说书虫蠹食道经中的"神仙"字，虫子的身上会出现五色。人若吞食五色书虫，可以飞升成仙。于是张子将书中的"神仙"字剪碎，放入瓶中，再捉书虫放入，等待书虫蠹食"神仙"字变为五色后吞食，结果张子飞升未成，神经却出了问题。四是书名的故事，谢其章文章极好，著书很多，为书起名非常用心，最看重文化传承。如《我的老虎尾巴书房》，"老虎尾巴"语出鲁迅对自己书房的描述。《书呆温梦录》，语出赵景深早年一个专栏的名字。《文饭小品》，语出明末王思任的《谑庵文饭小品》，施蛰存曾编《文饭小品》杂志六期,周劭亦有著作名《文饭小品》。五是我存书话中"读书记"最多,从古至今,几十部也是有的。那一天我好信儿,到孔网上查一下,不算古书,今人"读书记"谁的售价最贵呢?前三名:《来燕榭读书记》毛边本五千元,精装本两千八百元;《耕堂读书记》签名本四千三百元;《梼柿楼读书记》三千元。

你一定要读传记

传记是一个宽泛的概念，它的称谓有本纪、世家、列传，还有传、自传、评传、画传、外传、野史、自述、口述、回忆录。人们阅读传记的目的不尽相同，或在学习，或在研究，或在闲情，或在猎奇，或在找寻做人的方法。对于最后一项，我记得早年在课堂上，一位老师讲道："你们读书时，眼睛不能只盯在知识上，抽时间一定要多读几本好的传记，许多人生经验会使你终身受益。"

如今几十年过去，老师的教诲时在念中。那么在我的阅读生活中，最早读过的传记是哪本书呢？说来有些偶然，小时候社会上闹书荒，我只能躲在家里偷偷翻看父亲的书。十岁时看到的传记是吴晗的《朱元璋传》，内容根本不懂，只记得第一页上朱元璋的画像，那副很长很长的脸太夸张，引来哥姐们好一番议论。还有一部朱可夫的传记《回忆与思考》两册，我翻来翻去只看图片，内容索然无味。但几十年后我去俄罗斯参加国际书展，在莫斯科红场上，还是用相机拍下朱可夫骑着骏马的青铜雕像，可见早年记忆的牢固。

再者何谓好的传记呢？在我的观念中，无非是选名家、名作、名译的本子。司马迁《史记》中的人物纪传，多为传记的千古名篇。我读中学时课文《陈胜起义》，即节选自《史记·陈涉世家》。还有我早年读到一本《巴尔扎克传》，繁体竖排，书破损严重，后面许多页已脱落不见，书前一张残缺的巴尔扎克像，胖墩墩的样子很丑，却铭刻在我的脑海中，成为我对巴尔扎克恒久的印象。我捧着这本书断断续续读进去，通篇文字绝好，许多情节让我一生难忘。后来才知道，此书的作者为司蒂芬·支魏格（即茨威格），译者为吴小如、高名凯，是名副其实的名人名著名译。

回过头来看一看我现在的书房，其中收存传记类的书并不是很多，可以从两个角度做些分析：

首先是按照出版形式归类，有丛书与单册书之分。其中丛书占比很大，有《世界名人传记丛书》《中国现代作家传记丛书》《现代文明人格丛书》《世纪老人的话》《中国出版家丛书》《浙江文化名人传记丛书》《二十世纪名人自述系列》《名人自传丛书》《启真馆人物传记系列》《大象人物自述文丛》《父辈丛书》《中国现代文化名人评传丛书》。这里面好看的书很多，有些是我刻意收存的，有些是在不自觉间自然收存的，即阅读时一本本买回来，后来才发现它们同属于一套丛书，如《胡风传》《朱自清传》《郑振铎传》即是。再者书架上的单册传记也不少，其中好看的书如《钏影楼回忆录》《司徒雷登画传》《黑格尔小传》《逝水年华》《刘安评传》《杂记赵家》《狄德罗传》《萧伯纳传》《斯大林传》《叶利钦传》《钻石婚杂忆》《房龙传》《杨振宁传》《知堂回想录》。

其次是按照作者的身份归类，情况比较复杂。一是正史中史家撰写的纪传，其内容最为丰富，最为震撼，我一生也放不下，一生也读不完。二是传主亲笔撰写的回忆录，如包天笑、王云五、胡适等，他们有思想、有阅历、有文笔，读起来最为受益。三是学者或专家型传记作家的专业作品，其文章可信且可用，但可读性往往较差，如果二者兼而有之，那一定是传记中的上品了。四是传主的亲人、后代的著作，书架上所存很多，如《父辈丛书》《胡风传》《房龙传》《陈鹤琴传》，它们有情感，有故事，有秘趣，更强调作者的主观意识。有观点批评此类书用情太深，看问题不够客观，不够全面，我却喜欢那种充满个性与人情味的主观或片面的思想表达。五是口说历史一类著作，如《世纪老人的话》，内容最为难得，最为珍贵。六是现当代人根据传主的文章编汇的著作，也称自述或传，此类书很多，其中好书、有用的书也不少。七是戏说、野史一类著作，它们游离于时政、演义、猎奇一类概念之间。本文未列出它们的名目，但不能说它们没有价值，如果拉开时空的视角，无论是正史或野史，宫廷事录或私人笔记，名正言顺或名不正言不顺，抑或是假传记之名的撮合之作，它们都有其存在的合理性，都有其相应的存留价值，关键在阅读者的判断与取舍。还有某些虚构类的传记，如《阿Q正传》，不在本文谈论的范围之内。

另外，以我书架上目录所及，有哪些故事值得讲述或回忆呢？

首先是《世界名人传记丛书》，商务印书馆出版。它是由商务印书馆多年出版的好书汇聚而成，这也是百年商务的传统做法，其中名家著译最多，我收存有《维多利亚女王传》《爱因斯坦传》《拿破仑传》《达尔文回忆录》《托马斯·莫尔传》。这套丛书中难忘的故事如《维多利亚女王传》，译者卞之琳在中译本前言中说，他译女王的丈夫（Prince Consort）一词，"中国过去并没有相当的名称，译成'配王'，好像是叶公超为我的恰切创造"。再如杨家荣、李兴汉译的《托马斯·莫尔传》，郭一民在中译本序中写道，一五一五年莫尔创作 *Nowhere*（《乌有乡》），一五一六年印刷时改为 Utopia，即为"寓意的虚无缥缈的地方"。一八九八年严复将它译为三个汉字"乌托邦"，使之兼有音译与意译之妙。还有《拿破仑传》，一九五七年苏联出版，我国上世纪七十年代译出，最初内部发行，后来收入《世界名人传记丛书》之中。

其次是《启真·艺术家》《启真·思想家》《启真·文学家》三个系列，浙江大学出版社启真馆出版。近些年就传记出版而言，这套书如横空出世，品质一流，都是大部头，如《毕加索传》三卷，每卷都有六百多页。我存有《维特根斯坦传》《罗素传》《达·芬奇传》《里尔克传》《托克维尔传》《克尔凯郭尔传》《莫扎特传》《叔本华传》《毕加索传》。面对它们，我时常感叹启真馆志向不小，勇于在传记出版领域有所突破。我还感叹译著者不容易，《克尔凯郭尔传》译者谈到"克尔凯郭尔"（Kierkegaard）一词的译法，早在一九〇八年鲁迅在《文化偏至论》中译为"契开迦尔"，陆续有译为基尔克戈尔、基尔克郭尔、基尔克加德、基尔克哥、齐克果、祁克果。严复曾经说过："一名之立，旬月踟蹰。"所言极是。

最后列几段笔录：一是在我们的观念中，一般只能为人物写传记，其实不然。《新世纪万有文库》收有一本赵台安、赵振尧译的《尼罗河传》，陈原先生序文中写道：

"一条大河！一条河也能像一个人那样被写成'传记'！我才觉悟到一条大河就是一个伟人，既然许多作家为伟人写传记，为什么不能为一条河写传记？"二是在我收存的传记中，有多册是沈昌文先生送给我的。其中有内部发行后来公开刊印的书，如《基辛格》上下册；有与我存书重复的书，如《里根回忆录——一个美国人的生平》；有别人送他的签名本，如阎克文签赠的《马克斯·韦伯传》，田本相签赠的《李何林传》，侯焕闳签赠的《拉斯普庭之死——回忆录》。沈先生的学者朋友众多，我遇到困难时便会请求他们出手援助。当年辽宁教育出版社组织人员翻译《古希腊风化史》《古罗马风化史》《欧洲风化史》时遇到困难，沈先生请出侯焕闳帮助解决。三是《房龙传》译者朱子仪在译后记中记载，一九三六年房龙曾经给《圣经的故事》译者谢炳文写过一封信，其中写道："在如今的世界上对它（宽容）的需要超过了其他的一切。"四是《钻石婚杂忆》中周一良回忆，上世纪八十年代周先生在一次国际会议上发言，提到陈寅恪临终前，曾经写过一副挽联："涕泣对牛衣，卅载都成肠断史。废残难豹隐，九泉稍待眼枯人。"说到"废残难豹隐"一句时，周先生感同身受，当场潸然泪下。

白话的是非功过

"白话"一词歧义颇多,此处是相对于文言文而言,仅指白话文。说起百余年来文言文与白话文种种议论,妇孺皆知,无须我再多言。只是此事反射到出版领域,再回缩到我小小的书房中,望着书架上那百余册挂着"古典名著白话""全译""今译""注译""选译""详译"名目的书籍,还是引起我一些思考。

十几年前,我曾写过一篇文章《旧三厄,新三厄》,讲到鲁迅先生在《病后杂谈之余》文中说,除了水火兵虫之外,古书有三大厄。第一厄是清人陆心源所言:"明人好刻古书而古书亡。"因为他们妄行校改。后面两厄是鲁迅提出来的,一是清人纂修《四库全书》而古书亡,因为他们变乱旧式,删改原文;再一是今人标点古书而古书亡,因为他们乱点一通,佛头着粪。当时循着鲁迅的思路,我斗胆提出,时下古书出版存在"新三厄"的现象,即白话、简体、网络版三项。单说白话一项,有观点说:"今人好译古书而古书亡。"回忆当时的思考,我是从两个方面看的:从正面看,白话有利于了解中国历史,辅助学习文言文,普及古代文化知识。从负面看,文言变白话的副作用,首先它使文言有了消亡的危险;其次在文白对译的过程中,丢失的东西太多,如古诗词根本不能译成白话,文言文固有的简洁与韵味也是不可替代的。说到这里,可能有人会提到鲁迅倡导新文学,反对年轻人读中国经典,批评有些人食古不化的旧事。那是因为鲁迅的古文底子极好,才有资格说那样的话。施蛰存先生在《〈庄子〉与〈文选〉》一文中说:"像鲁迅先生那样的新文学家,似乎可以算是十足的新瓶了。但是他的酒呢?纯粹的白兰地吗?我就不能相信。没有经过古文学的修养,鲁迅先生的新文章决不会写到现在那样好。所以,我敢说,在鲁迅先生那样的瓶子里,也免不了有许多五加皮或绍兴老酒的成分。"

其实不通文言,一定会影响你的口语表达及白话文写作。我早年读书环境不好,后来总结时常常会说,那时无书可读或读书太少。那么哪些书读得最少呢?排在前面的当然是古文、古诗词了。到了花甲之年,再回忆那一段先天不足导致的后果有二:一是后天的语言枯燥或叙事啰唆,常常找不到恰当的词语来表达。二是写作时提笔无字或平铺直叙，会使用的字词太少或流于成语、俗语一类句式，文字词不达意，文章平淡无味，缺乏文采与韵律感。后来埋头读书做过一些补救，但"童子功"是很难补回来的。

我记得那时中小学课本中古文、古诗词数量很少，学校没有太多的教学要求，师长却时常提醒我们，篇目少更要能够背诵。诸如《陈胜起义》《曹刿论战》《捕蛇者说》《卖炭翁》《丁督护歌》《大车扬飞尘》《茅屋为秋风所破歌》，至今不忘。父亲还命我背诵《古文观止》中《郑伯克段于鄢》《唐雎不辱使命》《五柳先生传》等篇目，使我的古文底子略好一些。没想到一九七七年恢复高考，我却占了便宜。那张语文考卷上有两道古文今译大题，正题为王安石《游褒禅山记》中一段古文，二十几分；附加题为班固《汉书·高帝纪下》中一段古文，三十分。刘邦临死前与吕后的一段对话，其中名句："周勃重厚少文，然安刘氏者必勃也，可令为太尉。"此事堪称神奇，就在高考前不久，有一天父亲把我叫到他的书柜前，翻开《汉书》为我讲解过这一段故事，没想到它们竟然会出现在试卷中。

在父亲送给我的书中，有几册文白对照的古书，书上有他的钤印。一本《论语批注》，北京大学哲学系一九七〇级工农兵学员编,一九七四年中华书局出版;还有一套《史记选译》上下两卷,北京卫戍区某部六连《史记选译》小组编,序言中说,小组人员由战士、蹲点干部、中华书局编辑组成,一九七六年中华书局出版;再有一本《史记选》,王伯祥选注,一九五七年人民文学出版社出版。我去铁岭当知青的时候,临行前父亲把它放入我的行李中,我一直保存至今。

相对而言,我的书房中文白对照的书不是很多,有些规模的大约有三套:

一是上世纪八十年代,岳麓书社开始出版的《古典名著今译读本》十几册,相应的还有一套《古典名著普及文库》二十几册。两套书都是小开本纸面精装,它们面市较早,阅读方便,很长时间是我案头常翻常查的书,对我早期学习古代典籍帮助很大,至今我仍对那一代校编者心怀感念。

二是上世纪七十年代以降,台湾商务印书馆出版的《古籍今注今译》,最初是十二种,后来达到四十一种,再后来增加到五十六种。作者中前辈名家极多,如屈万里、马持盈、南怀瑾、陈鼓应、杨亮功、毛子水。王云五在序中谈到缘起,一九三二年上海商务印书馆曾出版《国学小丛书》,作者有陈柱、谢无量、胡朴安、周予同、吕思勉、钱穆，名副其实的大家小书。书目如《中国诗学大纲》《诗经学》《荀子哲学》《楚辞概论》《孔子》《孟子学案》《中国八大诗人》。但王先生觉得《国学小丛书》不是原典全本，普及效果不好，较为遗憾。因此发起"今注今译"出版项目。他希望能有多家出版社合作推出，但无人响应，最终只有台湾商务印书馆独家出版。值得一提的是，其中仅有《史记今注》六册没有"今译"，注释者马持盈认为篇幅太大，而且注、译相通，不必再多占篇幅了。如今这套书已成名著，大陆有多家出版社购买版权，如中国友谊出版公司、重庆出版社、新世界出版社。

三是中华书局陆续出版的《中华经典名著全本全注全译丛书》，纸面精装，在选本、规模、印装许多方面，已成为古籍白话出版的翘楚。我存有一套九册《史记》全本全注全译特装本，黄色缎面装帧，巨大一箱，分量极重，附赠一对镇纸，上书"究天人之际，通古今之变"。品读如此"贵重"之书，很容易伤到手腕。另外，中华书局还出版一套《中华经典藏书》也是文白对照本，选书极好，我买过几种，后来发现是节选本，但只在前言中说明，没有在书名中明示。凤凰出版社出版一套《古代文史名著选译丛书》，陆续出版一百多种，参与者前辈名家不少，如周振甫、许嘉璐、黄永年、章培恒、金开诚等。

最后再说几段难忘的故事：

一是我存白话版本最多的是《周易》《春秋左传》，仅言《左传》，最让我喜爱的是杨伯峻的《春秋左传注》《春秋左传词典》《白话左传》，还有沈玉成的《左传译文》。这几本书我都存有两套，一套在家中，一套在办公室。按照杨先生的观点，重要的典籍应该有"三件套"：注释、词典、白话。此套书是一个典范。记得我读《左传译文》时曾向中华书局胡友鸣请教，他说这是一本很难得的好书，一方面《左传》《梦溪笔谈》一类跨学科著作最难注译，另一方面大学者肯做此类事情，大不同于泛泛之辈，对他们是雕虫小技，对读者就是难得一见了。

二是上世纪八十年代风靡一时的《白话聊斋》，辽宁人民出版社出版，最初是上下两册，后来又出续本、全本，总共印了二百多万册。编译者是出版社的几位老编辑袁闾琨、刘刊、陈志强、邓荫柯等，他们都是我的老师、老领导，又都是各方面的专家，能策划、能动手。此书上市后不断再版，出版社挣了大钱。那时讲"尊重知识，尊重人才"，如此生动一例，很让我震动。

三是整理书籍时发现，许多注译本都是老师、作者或朋友送给我的，让我难以忘怀。一本是孙振声的《白话周易》，内部印刷，上世纪八十年代周山送我，成为我的启蒙读物。如今已翻烂，还是不肯丢弃。第二本是陈广忠的《淮南子译注》，上世纪九十年代我请陈先生写《中国地域文化丛书·两淮文化》，他赠我此书，也是我的启蒙读物之一。第三本是赵吕甫的《史通新校注》，是王充闾送我的。王先生是看过我的文章《二十四史〈五行志〉丛谈》，发现其中一条错误，就把他自己的书送给我，夹上字条，标注出正确的说法。第四本是陈学明送我的南怀瑾的《论语别裁》二册，复旦大学出版社出版。那时南先生的书刚刚进入大陆，争议之声不小，阅读中我还是受到启发，知道书还能这样写，孔子还能这样评说。第五本是王之江送我的《日知录集释》《遵生八笺校注》，前者影响我一生的写作风格。第六本是沈放送我的《春秋左传词典》，他说这是一本很好玩的书。

读史的点滴记忆

培根论学问，引罗马诗人奥维德《列女志》中的话说："学皆成性。"此句又译作"学问变化气质"或"学问入于性格"。大意是说，学问可以改变一个人的性格。那么不同的学问，会带来怎样的性格变化呢？培根说："读史使人明智，读诗使人灵透，数学使人精细，物理学使人深沉，伦理学使人庄重，逻辑修辞使人善辩。"

按照培根叙述的顺序，我首先想到自己的书房中，历史类书籍的收存确实不少。它们的分布貌似自然形成，杂乱无章，实则与我的读书生活密切相关，同时反映着我的人生志趣与走向。比如在阅读与写作方面，我有一条主线：数学史、科学史、哲学史、文化史、正史中的数术史等，最终形成长期的研习方向；在出版职业修养方面，我存有出版史、书籍史、禁书史、印刷史、出版史料、编年史、出版年鉴、图书词典、人物传记等图书，它们对我工作态度与方法的影响巨大。有言道：一个人读史的广度影响着他思想的维度，读史的深度决定着他人生的高度。此言不虚。

下面列出我在整理书房时写下的几段与读史相关的笔记。

其一，早年喜爱科学史，多年来我存有多套相关的著作，最青睐克莱因《古今数学思想》、丹齐克《数，科学的语言》、梁宗巨《世界数学史简编》《数学历史典故》、李约瑟《中国科学技术史》、陈遵妫《中国天文学史》、郭书春《九章算术汇校本》《李俨钱宝琮科学史全集》、江晓原《天学真原》。另外还有许多旧事难以忘怀：

一是外国名著如丹皮尔《科学史》、沃尔夫《十六、十七世纪科学、技术和哲学史》、亚历山大洛夫《数学——它的内容、方法和意义》，书中都很少提到中国。克莱因在《古今数学思想》序中写道："为了不使资料漫无边际，我忽略了几种文化，例如中国的、日本的和玛雅的文化，因为他们的工作对于数学思想的主流没有重大的影响。"《科学史》译者也写道："作者是一个西欧中心论者，对西欧以外的世界各国，如中国和东方国家在科学史上的贡献，在书中很少反映。"有趣的是卡斯蒂廖尼《医学史》，它有"第七章《中国医学史》"，但中文译者认为："原书第七章《中国医学史》内容过于简略，且有谬误之处。又由于目前我国出版的中国医学史著作已有多种，第七章参考价值不大，故省略未译。"因此在《医学史》译本出版时，删去了原著中的"第七章"，全书的章目也做了重新编序。

二是克莱因在上面那段话的下面，还做了一段脚注，他写道："中国数学的历史的一个可喜的叙述，已见于 Joseph Needham 的 *Science and Civilization in China*，剑桥大学出版社，1959，卷3，第1~168页。"克莱因说的是剑桥大学李约瑟博士的多卷本巨著《中国科学技术史》，又译为《中国的科学与文明》。这套书我存有多种版本，最早见到的一本正是克莱因所言的第三卷《数学》，那是在上世纪八十年代初，我在鞍山新华书店买到的，科学出版社出版，为内部发行。后来还存有中华书局香港分局版、科学出版社与上海古籍出版社版。李约瑟博士是一位了不起的学者，他站在另一个视角看问题，用科学的方法解读中国文化，在某种意义上堪称破天荒，或称破冰之举。那时李约瑟的书对我产生了巨大的影响。比如他说，中国的"内算"是一个至今尚未探讨过的领域，运算者使用的工具包括手指算、算筹、算盘，涉及的知识包括历法、排列组合，他们获得的巨大声誉也非偶然，"这是有待进行历史研究的另一门准科学"。这段论述使我打破了旧有的思想禁锢，进而投身数学内算与外算的思考，步入数术、五行志研究的学术领域。

三是阅读科学史对我出版理念与方法的影响。比如李约瑟在《中国科学技术史》中，对数学史学家李俨、钱宝琮的评价极高，也为我后来请郭书春、刘钝主编《李俨钱宝琮科学史全集》起到了重要的思想铺垫作用。再如梁宗巨、傅钟鹏、吴振奎、胡久稔等人的数学史文章深深地打动了我，使我对数学学科的态度，由被动学习转变为主动热爱。后来策划出版科普丛书《世界数学名题欣赏》时，提出"历史叙述，夹叙夹议"的编写原则，让数学普及读物有血有肉。另外还要提到江晓原的《天学真原》，他在著作中提出天学与天文学的区别，以及刘兵在该书序言中对巴特菲尔德《历史的辉格解释》的引证，都对我的学术思考产生了巨大影响。后来我的两部著作《数与数术札记》《五行志随笔》均由江先生作序。

其二，如果按照中国传统学术分类，经史子集的著作我都有收存。单说史学中的正史，我的书房中存有三套中华书局版二十四史，第一套实为二十五史，包括赵尔巽的《清史稿》，绿色封面平装本。此书我原来有两套，非常喜爱，使用率很高。它们的口碑也好，至今仍有许多人在收存正史时，还是要寻找这个版本。但这套书出版年代久远，纸张较差，胶钉未锁线，禁不住翻看，我经常阅读的著作《史记》《汉书》《宋书》，以及一些志书已经翻烂，整理时只好挑挑拣拣，将两套并为一套，又将残本修补后放在办公室公用。再者如今清史版本不少，我就有辽宁人民出版社出版的《清代全史》十卷，但闲时阅读，我还是喜欢赵尔巽的《清史稿》，它在体例上与前史接续，不敢说通篇完备，起码纵向泛读历史，毫无突兀的感觉。第二套二十四史是繁体精装本，全套书二百四十一册，用一个书号，内容与上述第一套相同，册数也是一一对应，只是未收《清史稿》。由于分册太多，所以定价很贵。第三套二十四史是简体横排精装本，册数不再与繁体字版一一对应，全套六十三册，用一个书号，总册数大幅减少，定价便宜很多。后两套二十四史装帧、纸张均为一流，闲时取一册翻看，书体挺括，纸白字清，会让人产生一种愉快的读史感受。

阅读正史收存《资治通鉴》《续资治通鉴》《通鉴纪事本末》种种，都是标配与常态。只是我的书架上还存有《民国纪事本末》《国史纪事本末》两套书，时间从民初到上世纪末，编写体例接续前史，许多内容似可商榷，也是难得的历史资料。

其三，按照现当代学科类分，我书架上的史学著作多而杂乱，有通史、断代史、编年史、哲学史、佛教史、思想史、学术史、文化史、史学史、学科史，难以尽言。略记要点：一是丛书，有两套书收史学著作不少，且有品质，即中国出版集团的《中国文库》，还有河北教育出版社的《二十世纪中国史学名著》。二是哲学史，相对而言，我的收存数量最多，如冯友兰《中国哲学史》、任继愈《中国哲学史简编》、胡适《中国哲学史大纲》、朱伯崑《易学哲学史》，以及杨荣国《简明中国哲学史》等。它们或多或少，都留有时代的印记。而冯友兰、胡适的著作对我影响很大。三是思想史，有侯外庐《中国思想史纲》、葛兆光《中国思想史》，葛先生的著作让人耳目一新。四是张光直史学研究，我出版过他的几部重要著作。许倬云在《西周史》增补二版序言中说，上世纪八十年代初，张光直组织四人团队，撰写中国古代四个时期的历史，他自己写商代，许倬云写西周，李学勤写东周，王仲殊写秦汉。先后有张光直《商文明》、许倬云《西周史》、李学勤《东周与秦代文明》、王仲殊《汉代考古学概说》出版。耶鲁大学出版社还出版了英文版。五是黄仁宇史学著作，如《万历十五年》《赫逊河畔谈中国历史》，十几年前清明节，我曾写长文《让游子的孤魂，牵着亲人的衣襟归来》怀念他。六是出版史，书架上存书最多，有张静庐《中国近现代出版史料》,张秀民、韩琦《中国活字印刷史》,叶再生《中国近代现代出版通史》,吴永贵《民国出版史》《民国图书出版史编年》,还有《中国出版年鉴》《中国出版家丛书》等。我从事出版工作近四十年,最终领悟到一个道理:要想弄懂一个行业经营的真谛,首先要精读这个行业的历史。

笔记，笔记

刘勰《文心雕龙》说，自古文章有文、笔之分，"无韵者笔也，有韵者文也"。无韵的笔记包罗甚广，今人刘叶秋划分：魏晋以来"残丛小语"称笔记小说，其余一切随笔杂录统称笔记。此中小说的定义见《汉书·艺文志》："小说家者流，盖出于稗官，街谈巷语，道听途说者之所造。"明代胡应麟将笔记划分为六类：志怪、传奇、杂录、丛谈、辨订、箴规。刘叶秋将笔记划分为三类：小说故事、历史琐闻、考据辩证。以文字论，笔记一般篇幅不大，长短不一，短者几个字，长者不满五千言（吴礼权语）。它们名目复杂，有传、志、记、录、载、编、史、乘、故事、旧话、纪闻、闻见、论、评、考、辨。

从古至今，相对于种种经典而言，读书人面上轻视历代笔记的价值，好称其为闲书。如清代纪昀在《阅微草堂笔记》中说："惟时作杂记，聊以消闲。"实则他们内心清楚，历代笔记之中蕴含着无数宝藏，称其为"故实"，称其为"历史文化之一翼"毫不为过。由此想到,我写《季羡林小传》时,曾经说到季羡林最喜爱的书,有《史记》,有陶渊明、李白、杜甫、李煜、苏轼、纳兰性德的诗词文章,有《儒林外史》《红楼梦》等。而在众多"最喜欢的书"之中,哪一本排在第一位呢?正是南朝刘义庆的笔记小说《世说新语》。季羡林称赞它"每一篇几乎都有几句或一句隽语,表面简单淳朴,内容却深奥异常,令人回味无穷"。当然如此喜爱,还有一个重要的原因:季羡林的老师陈寅恪"生平致力于读《世说新语》,几十年来眉注累累。日寇入侵,逃往云南,此书丢失于越南"。从此段故事中,足以见到今人对于历代笔记的推崇与喜爱。

我对于历代笔记的了解,最初缘于两个原因:首先是我写小书《数术探秘》,直至后来撰写《五行志丛考》,其时阅读从经史原典入手,附以翻检类书如《太平御览》《太平广记》《文苑英华》,进而知道古代笔记中蕴含着无尽的宝藏,它们的内容包罗万象,生动有趣。依靠历代笔记的加入,我的著作才能够丰满起来,丰富起来。其次是我在辽宁教育出版社出版的《新世纪万有文库》三个书系中有两个书系与历代笔记相关,一是杨成凯策划的"传统文化书系",几乎每辑都收有历代笔记,如《世说新语》《搜神记》《古今注》《南村辍耕录》《唐五代宋笔记十五种》《五杂组》。二是陆灏、陈子善、傅杰策划的"近世文化书系",收有张舜徽《清人笔记条辨》等重要著作。

回到我的书房中,除去二十五史之外,我收存的最大一套书应该是周光培主编的《历代笔记小说集成》,河北教育出版社一九九四年出版。此套书为影印本,大十六开本,黑色漆布烫金装帧,洋洋一百〇九卷。算起来它们跟随我有二十余年了,偶尔从书箱中抽出一册翻读,未见全貌。这次整理上架才发现,竟然缺了前三册,即第一册《汉魏六朝笔记小说》,第二、三册《唐代笔记小说》。我去孔夫子旧书网上寻找,试图补齐,没想到每册最高开价到十万元。有趣的是有一天,我在王强书房中浏览他的存书,见到书架上也有这套大书。我说:"此书我也有,只是缺前三册。"王强得意地说:"哈哈,我有的。"拿出来看,第一册是河北教育出版社版本的,第二、三册却是一九九〇年辽沈书社版本的《历代笔记小说汇编》之《唐人笔记小说》两册,周光培、孙进己主编。对比一下,与河北教育版的目录完全相同。

我收存其他版本的历代笔记不是很多,略作记录:一是一九四九年前商务印书馆出版的《丛书集成初编》中好书很多,我存有单行本《马氏日抄》《销夏部》《稽瑞》等,许多书今天还未排印再版。二是文化艺术出版社出版的《万历野获编》，还有《历代笔记小说丛书》一套七册，后者是上世纪八十年代出版，每本书前都有很认真写的长序，归于那个时代的思想启蒙读物，如今二手书增值很多。三是中华书局出版的《历代史料笔记丛刊》，此套书繁体竖排，立项时久，编辑内容完整，如附录所辑最为用心。近些年此套书面貌一新，颇受阅读者喜爱。我存有几十本。四是上海古籍出版社出版的《历代笔记小说大观》，简体横排，整体质量上足以与中华书局的版本呼应，且更利于阅读普及。我收存得更多，还在且读且购。五是与历代笔记相关的著作，如《古小说钩沉》《中国小说史略》《唐前志怪小说史》《中国笔记小说史》《历代笔记概述》等。其中《历代笔记概述》为刘叶秋著，属于北京出版社《大家小书丛书》，条理清楚，言简易读。六是影印本，如《五杂组》《北堂书钞》《皇明典故纪闻》等。除上述出版社之外，还有广东科技出版社的《异物志》、中州古籍出版社的《东京梦华录》、岳麓书社的《唐宋传奇集》等。由此想到二十多年前出版《新世纪万有文库》时，因为其中有古籍门类，有读者批评校勘不精，故言"辽教好古而古书亡"。此语我一直铭记在心，深知做什么事情都要认真，再认真。

读笔记，记笔记，清理上面的书目，留下几段难忘的记忆，略记如下：

其一，我在2020—2022三年期间，整理出《五行志丛考》一百多万字，其中有《典籍考》《占书考》两篇约十万字，包括二百多种书目，与正史互照，历代笔记小说的书目占三分之一强。典型一例，南朝沈约《宋书·五行志》，以及唐代撰修《晋书·五行志》，引录干宝《搜神记》有几十条之多。

其二，英国人李约瑟博士撰著《中国科学技术史》，他在文中大量引征正史文字的同时，也涉猎许多历代笔记的内容，诸如《论衡》《唐开元占经》《梦溪笔谈》等。再如他提到汉代刘歆《西京杂记》中记载几位算家推算自己及他人寿命的故事。他还提到唐代郑处诲《明皇杂录》中僧人一行的故事，那段千古传奇"门水旧东流，忽改为西流矣"即其中。他也引征唐代段成式《酉阳杂俎》之内容——传说秦始皇有一次把算袋丢入东海，后来从算袋中生出了某种鱼。另外，美国人劳费尔撰著的《中国伊朗编·阿月浑子》中也提到了《酉阳杂俎》中的故事。

其三，鲁迅热衷于历代笔记的整理与研究，成就卓著，对当代笔记小说研究影响很大，留下许多故事。如其校勘的唐代刘恂《岭表录异》，广东人民出版社出版，记载了鲁迅手稿中有三张单页，其中一张是周作人所录，题目为《鹆》，约二百字。鲁迅加按语："《海录碎事》（二十二·上）引《岭表录异》与《大典本》绝异。"

其四，翻读历代笔记，名人要录极多。例如中国古典文学出版社一九五四年出版的《新刊大宋宣和遗事》，载有孙毓修一九一五年跋，讲到避讳字的故事，颇为有趣。再如北魏杨衒之的《洛阳伽蓝记》，我存有中华书局两个名家版本，一为周祖谟校释，再一为杨勇校笺。还有张舜徽的《清人笔记条辨》，《新世纪万有文库》版中录有李学勤的文章《读〈清人笔记条辨〉札记》，其中谈到笔记中的许多真知灼见，诸如读书"善取不如善弃""夫学术乃天下公器，岂一二人所能垄断？后生推服前贤，可也，随和苟同，不敢自创新说，不可也"。再者，此书"出版说明"乃傅杰所撰，不足两页文字，重点谈到张舜徽批驳李慈铭丑诋湘学故事，文字犀利峻峭，颇有笔记古风。

其五，细读历代笔记，逸闻趣事颇多。一是夸赞作者与作品，有胜于今日之广告。如《广志绎》宋世荦序中写道："三生慧业，一代名流，百氏畅其咀含，五岳恣其游览，胸罗丘壑，唾落烟云，莫不卓卓垂今，骎骎入古，而以《广志绎》一书为最。"二是《独异志》作者署名不同，《新唐书》《宋史》载为李亢，《稗海》载为李冗，《说郛》载为李元，《四库全书》采进本载为李尤。三是唐代

《朝野佥载》，作者张鷟后人承继家风，孙辈张荐有《灵怪集》，张荐孙辈张读有《宣室志》，张读外祖父牛僧孺有《玄怪录》。四是元代陶宗仪的《南村辍耕录》，孙作序中说陶氏利用树叶随时撰写，写好后放入破盎中，埋于树根下，十几年积累十余盎，最终编成此书。

类书的故事

说到中国古代图书分类，常言经、史、子、集四部，大体可以涵盖群书。实则如此划定未能完善，比如"类书"就难入四项名下。由此产生三问：一问何谓类书？张涤华说："由今观之，类书为工具书之一种，其性质实与近世辞典、百科全书同科，与子、史之书，相去秦越。"二问哪些书是类书？公认最早的类书是三国时期曹丕敕令编纂的《皇览》，而《尔雅》一类著作是类书的先声。历代有名的类书如《北堂书钞》《艺文类聚》《初学记》《白孔六帖》《太平广记》《太平御览》《册府元龟》《玉海》《永乐大典》《唐类函》《渊鉴类函》《子史精华》《古今图书集成》。三问"类书"一词缘于何时？据《隋书·经籍志》记载，晋代荀勖的《中经新簿》将《皇览簿》归于丙部即史部。《旧唐书·经籍志》归于子部，称类事。宋代《崇文总目》始称类书。

说到这里，细心的读者可能会有第四问："那么在

《四库全书》之中,类书处于何处呢?"《四库全书》按照旧例,将"类书类"放在子部的名下。此事颇有争议,《四库全书总目》即写道:"类事之书,兼收四部,而非经、非史、非子、非集。四部之内,乃无类可归。"张之洞《书目答问》明确说:"类书实非子,从旧例附列于此,举其有本原者。"那么类书究竟该如何安放呢?其实历代学者还给出多种归类的方法,宋代郑樵编《通志》,他不以四部分类,而是将古今书籍区别为十二类,类书独立为其中一类。此后还有明代胡应麟、林世勤,清代章学诚的分类观点,各有道理。一九三五年邓嗣禹编的《燕京大学图书馆目录初稿——类书之部》,将类书分为十门:类事门、典故门、博物门、典制门、姓名门、稗编门、同异门、鉴戒门、蒙求门、常识门,亦为一说。

　　类书的作用,有正反两方面的评价。正面如阎若璩言:"学问之无穷,而人尤不可以无年也。"如何解决这个矛盾呢?只有分类存储经典辞章,即编纂类书,以此来提高读书致用的效率。再者,类书征引当时或更早的版本,对后世校勘典籍、辑出佚书的作用非凡。反面如《四库全书总目·类书类叙》中所言:"此体一兴,而操觚者易于检寻,注书者利于剽窃,转辗稗贩,实学颇荒。"无论如何,类书的历史存在不容忽视,像宋代四大书之一《册府元龟》，专录正史故实，宋真宗称此书"盖取著历代君臣德美之事，为将来取法"。明代李嗣京言："《册府元龟》当与《尚书》《春秋》《史鉴》并置座右。"

了解类书的入门书，我喜欢三本小册子：第一本是张涤华的《类书流别》，一九四三年商务印书馆出版。我读的是一九八五年修订本，全书用文言书写，旁征博引，言简意赅。第二本是刘叶秋的《类书简说》，属于上海古籍出版社《中国古典文学基本知识丛书》。刘先生身兼学者与出版人，他的文字一贯严谨规范，明白好读。第三本是胡道静的《中国古代的类书》，实际上此为半部书稿，全书只写到"第六章《北宋的重要类书》"。胡先生在后记中说，其实全稿共十二章，完成于一九六六年夏，"旋遭艰屯，寓斋书稿尽丧"。但他先时将前六章寄给陈乃乾先生过目，后送至中华书局编辑部，因此得以意外保存。上世纪八十年代中华书局将书稿翻检出来出版，后又收入《国学入门丛书》，皆未做增补，即按六章印行。

我的书房中类书较少，也是因为类书多数规模大、读者寡，重新排印不易，影印本居多。较早的排印本见于上世纪初上海商务印书馆的版本，如《丛书集成初编》中的《骈语雕龙》四册，我从旧书市场购得。那时的纸张很差，但这套书保存极好，也是一件奇事，只是有涂抹历史人物的痕迹。还有近几十年的排印本如《太平御览》《初学记》《文献通考》，材料品质很好。我存的影印本类书有三个类别：一是可读的，上海古籍出版社的《四库类书丛刊》最多，此书用《四库全书》文渊阁本影印，布面精装，每页上下两栏，版面清楚可读，如《玉海》《图书编》《读书纪数略》《同姓名录·说略》《古俪府》，它们的市场增值空间很大。二是可查的，如《太平广记》《太平御览》《宋本册府元龟》《文苑英华》。这些书篇幅巨大，我阅读的办法是先浏览网络版的内容，再与纸书影印版逐字对照，确定正误后再引用。三是可存的，如《北堂书钞》《续文献通考》，每三栏并于一页，字小质差，阅读大为不易，我戏称其为"象征性存书"。

我亲近类书，主要源于我的三个题目的写作。

一是上世纪九十年代初，我写《数术探秘》，为三联书店《中华文库》中的项目。当时文库组织者希望作者的写作能够像黄仁宇的《万历十五年》那样，正文中不要大段的引文，不要一串串的"鱼骨刺"式的注释，不要干瘪的说理性叙述，而要通过一个个生动的故事解说你的学术观点。也就是说，能够让读者将学术书当作闲书来读，让他们在周末躺在椅子上，边休闲边阅读。这样的要求逼着我不但要认真研读历代经史著作，还要时时翻读相关的类书。类书中好看的故事俯拾皆是，用以补充正史中的不足，实在是再好不过了。比如关于唐玄宗李隆基，《太平广记》记有一段八卦故事：唐德宗李适降生时其貌不扬，他的祖父肃宗李亨与父亲代宗李豫都不高兴，但是他的曾祖父玄宗李隆基看过之后却说："真是我的后代啊！你们二人的气数都不如他。"后来，肃宗当了五年皇帝，代宗当了十五年皇帝，德宗却当了二十七年皇帝，应验了玄宗的推断。

二是早年我读十三经时，希望能将其中的"数"都记录下来，一一注说，最终汇成一册小书，命名为《读经记数札记》。但是某一天我突然发现，清代宫梦仁竟然写过一本《读书纪数略》，让我大为震惊。后来我出版《数与数术札记》时，还在后记中写道："古今互照，我还是在浩瀚的书海中找到了知音。那是在清代，一个叫宫梦仁的老先生，竟然写了一本名为《读书纪数略》的书，他'搜数'的艰辛跃然书中，让人肃然起敬！"此书被收入《四库全书》类书类，今有影印本。

三是研读历代志书，内容繁杂，此时以类书作为伴侣，收效巨大。比如我的《五行志丛考》中有《祥瑞考》一章，其条目以《宋书·符瑞志》《南齐书·祥瑞志》《魏书·灵征志下》为基础，共列出"祥瑞之物"一百多条。

如果一条条考辨，费工太多，力所不逮。但是打开《太平御览》，几乎每一条都在目录之中，正文中列出历代典籍的记载，其中许多著作已经佚失。如条目"兔"，《宋书·符瑞志》有记："白兔，王者敬耆老则见。……赤兔，王者德盛则至。"《太平御览》中有"兔"的词条，其下记载略录几段："《广志》曰：兔，大者曰毚（音谗）。《春秋运斗枢》曰：玉衡星散而为兔。孙氏《瑞应图》曰：赤兔者瑞兽，王者盛德则至。《典略》曰：兔者，明月之精。……《括地图》曰：天池之山有兽如兔，名曰飞兔，以背毛飞。"

文章最后附上几段有趣的笔记：其一，谈到古书归类，《四库全书》将《太平御览》归入类书类，而将《太平广记》归入小说家类。还有将明代王圻《续文献通考》归入类书类，而将宋代马端临《文献通考》归入史部政书类。《四库全书总目》在《续文献通考》条目中解释："此书虽续《文献通考》，而体例迥殊。故《文献通考》入故事，此则改隶类书。"其二，上世纪三十年代，张涤华在武汉大学中文系读书时，用文言写成《类书流别》，文字儒雅干净。择几段界说欣赏："类书之名，古未有也。魏文始作《皇览》，而初不谓之类书。""稽类书之缘起，其所从来远矣。姬周之末，治《春秋》者，有抄撮之学。""分类之书,《尔雅》最古。"其三,上世纪九十年代我写文章《三年之丧的流变》,读《文苑英华》悲悼诗,其中有"坟墓五十五首",录得刘湾《虹县严孝子墓》诗云:"堂孝教因心,天然得所资。礼闻三年丧,尔独终身期。下由骨肉思,上报母父慈。礼闻哭有卒,尔独哀无时。前有松柏林,荆蓁结朦胧。墓前白日闲,泣血黄泉中。草服被枯骨,垢容戴飞蓬。举声哭苍天,万木皆悲风。"

我的工具书

所谓工具，是指辅助我们做事情的手段。比如语言是人类交际的工具。那么辅助人们阅读的工具是什么呢？就是工具书了，它大体包括字典、词典、百科全书、年鉴、手册等。曾几何时，纸质工具书在我们的阅读生活中，占据着绝对崇高的地位。书架上工具书的摆放位置，一定是在最显著、最方便的地方。幼童识字阶段，人们一定都记得师长"词典不离手"的谆谆教诲。四十年前我刚到出版社参加工作，拿到的第一件办公用品就是《现代汉语词典》，我们几位年轻编辑时常会向老编辑请教查字典的经验，还会比赛看谁查得快、查得准。

积年下来，我的书房中存留工具书不少，最早的版本有《新字典》《康熙字典》，还有《新华字典》《现代汉语词典》《高级牛津英语双解辞典》《新英汉词典》《辞源》《辞海》《大不列颠百科全书》《大美百科全书》《中国大百科全书》《数学百科全书》《成语典故》《中国历代名人辞典》《古汉语字典》《关东文化大辞典》等。

最近几十年，伴随着网络技术的发展，纸质工具书在人们阅读中的地位悄然发生着变化。这让我想起与《大不列颠百科全书》有关的几段故事：一是它于一七六八年诞生于苏格兰爱丁堡，第九版被称为"学者版本"，它的权威性得到最高级别的赞誉。二是一九〇八年，年仅二十岁的王云五，开始分期购买英文原版《大不列颠百科全书》三十五卷，用三年时间一本本认真读完，使自己不但成为英语专家，还成为学问杂家，后来胡适有感于王先生知识渊博，称赞他是"有脚的百科全书"。三是在我的书房中，存有一套中文十一卷本的《简明大不列颠百科全书》，其中前十卷是原著翻译，第十一卷是增补卷，是专为中文版编译的。四是二〇一〇年，《大不列颠百科全书》完成了最后一版纸质书的印刷，翌年三月宣布停印，三周内卖光了所有库存。为什么会这样呢？当然是数字化时代的冲击所致。从多媒体到互联网的蓬勃兴起，从微软百科到维基百科的迅猛发展，百科全书的价值主张与存在形态都受到了根本性的冲击。在这样的背景之下，《大不列颠百科全书》只能顺势而动、转换形态了。

其实近些年来，我们在不自觉中，对纸质工具书的翻阅次数正在直线下降，即使从事专业写作，即使研究一些冷僻的学问，越来越多的问题都可以通过网络查询得到解决。纸质工具书，尤其是资料型的辞书失去了以往的地位，在书架上的存放价值日渐趋零。就这样，一个门类的图书似乎要演化成文化遗迹，只有记忆犹存。

回首过去，关于工具书，难以忘却的事情实在太多了。

其一，我的书架上有两部老字典，都是当初父亲送给我的。一是商务印书馆一九一二年版《新字典》，距今有一百多年了。此书由蔡元培作序，编写者中有张元济、高凤谦等。当时此书出版了两个版本，即"洋装布面金字"，还有"华装分订六册"。我的存书是前者，保留着当年用牛皮纸包的书皮，书脊上还用毛笔写着"新字典民元版"。二是一九五八年一月，中华书局根据同文书局原版翻印的《康熙字典》，封面漆布精装，还有黄色的护封。封三上贴着一张购书发票，时间是一九五八年八月十三日，定价五元八角，印章是"北京市公私合营书店西单商场门市部"。

其二，《新华字典》（商务印书馆），它的故事太多太久远了。目前已经出版到第十二版，六十四开本，小学生必备。说两段与我相关的故事：一是我存有一套《新华字典》十一版线装六卷本,封面、书盒都是枣红色,藏书票上注明"发行五亿册编号纪念版",我的编号是第九百号。正文用宣纸,双色印刷,非常豪华。二是《新华字典》之外,还有《新华词典》《新华成语词典》等。二〇〇〇年前后,辽宁出版集团组织开发电子书"掌上书房",我们需要装入一部中文词典。当时与商务印书馆商量,他们不同意装入《新华字典》,只同意装入《新华词典》,且非独家授权,一次性付费二十万元。

其三,《现代汉语词典》(商务印书馆),此书为文字工作者必备,多年来一直放在案头。有修订本、增补本,不断更新。如今我的书房中存有四种版本,其中有一部第六版的豪华装帧本,旨在"商务印书馆创立一百一十五周年纪念",印数一万册,三面切口鎏金,正面切口刻有拇指索引,封面用大红色合成材料,压印着满地的暗花。

其四,《辞源》(商务印书馆),这是我最喜爱的工具书。我存有三种版本,两个四卷本,一个上下两卷本。《辞源》创编于晚清时期,即一九〇八年。它的条目博采群书,每个词条单独列出来,都是一篇上好的文章。其涉猎之广博、取材之恰当,古人的类书亦有所不及,当代更未见出其右者。目前网络搜索引擎涉及的相关内容,大多只是拼凑或抄袭,就看未来人工智能能否超越《辞源》的品质了。

其五，《辞海》（上海辞书出版社），我有四个版本：上下卷加增补本、缩印本、分科本、五卷本。很长一段时间里，《辞海》一直是我的案头书。目前《辞海》有了八卷本出版，还有于二〇二三年初去世的辞书编纂家巢峰先生的相关的事，真让人难忘。

其六，我在辽宁教育出版社组织翻译的百科全书，一是《牛津少年儿童百科全书》，有九卷本、两卷本。这是在上世纪九十年代，经沈昌文引荐，我们与牛津大学出版社合作出版，也是我们走向世界的标志性产品。那时我们与外国一些大出版公司谈版权合作，多次请牛津大学出版社为我们出具咨询函："我们曾经与辽宁教育出版社合作出版《牛津少年儿童百科全书》。"二是"吉尼斯百科系列"，当时为了签下世界级的畅销书《吉尼斯世界纪录大全》版权，英国吉尼斯公司提出先检验一下我们的出版能力，授权我们出版《吉尼斯20世纪全书》《吉尼斯百科全书》《吉尼斯知识全书》《吉尼斯人类百科全书》《吉尼斯生物百科全书》《吉尼斯发明史》六部著作，这些书出版后，外方肯定了我们的工作质量和信誉，才有了后来的全面合作。

其七，英语词典，我最早购买的两本好词典是《现代高级英汉双解辞典》《最新英汉四用辞典》，均为内部翻印版。后来主要使用《新英汉词典》（上海译文出版社），如今我的书架上还留存此书的三个版本。由此引出两段故事：

一是上世纪末我们组织引进"韦氏新世界词典系列"，其中的核心产品是《韦氏新世界大学词典》第四版，我们请陆谷孙作序。陆先生对这部词典大为赞扬，同时他还透露了一个消息，他的序言写道："记得那是在一九七四年，我们正在沪上编写《新英汉词典》，苦于参考书老旧，资料匮乏，突然弄到这么一部《韦氏新世界大学词典》第二版，真乃天助我也，于是偷偷开启闸门，注入了大概不少于千条的美语新词，对其中由短语动词衍生成的复合名词，如 fly-by、spin-off 之类，由于被判定生命力旺盛，收录尤为积极。……但居然在以后的二十多年时间里不仅未被'扫进历史的垃圾堆'，还多次得奖，累计售出一千万册左右，在改革开放之初国人大学英语的热潮中起到了一定的作用。应当说《韦氏新世界大学词典》第二版是功不可没的。后来，1981 年和 1984 年，我分别在美国克利夫兰和我国上海与《韦氏新世界大学词典》第二版主编 David Guralnik 会晤，向他表示诚挚感谢（当时中国尚未加入《伯尔尼公约》，所谓感谢诚口惠而实不至也）。"

二是《韦氏新世界大学词典》出版后，我们送给杨绛一册。不久杨先生回复，除了挑拣错字，她还说，当年钱锺书点评的《韦氏词典》已经是第十版了，你们怎么还出版第四版呢？其实《韦氏词典》创编于十九世纪，由于品质优异，持续畅销，后来许多书商编词典时，都打着"韦氏"的旗号，"韦氏"也成了"好词典"的代名词。有观点说，欧美最好的《韦氏词典》有三部，即《韦氏新世界词典》《兰登韦氏词典》《梅里亚姆-韦氏词典》，其中后者已经出到第十版，钱先生读的应该是这一本《梅里亚姆-韦氏词典》吧。

书房中的诗意

在自己的书房中为存书分类，自忖"哪类书最少呢？"那一定是诗集了。孤单单的一层摆放在那里，不足百册。为什么少？我不会写诗，身边号称诗人的朋友不多，雅兴不足，书少也就是自然的事情了。

虽然少，还是留下许多故事让我记忆。

先说早年的诗意。其实少年时代，每个孩子的心中都住着一个充满诗性的灵魂。我那时的诗魂是什么？一首首凌乱的古诗词，一篇篇口号式的诗样檄文，一段段剪成诗句的青春呓语。如今它们在哪里？除去那些先哲的诗句已经融入我的血液之中，其他的呢？我的那册"写诗的笔记本"久已丢失，里面的诗句也已经渐渐淡忘，偶尔想起一句，稚嫩得让人脸红，只记得二姐读后写下赞词中的两句："青春火正旺，谱写新豪言。"书架上还剩下那个时代有限的几本诗集，有鲁迅的诗，有知青的诗，还有贺敬之的《放歌集》。时光荏苒，但贺敬之的诗篇《西去列车的窗口》《雷锋之歌》《放声歌唱》，一些诗句我至今还能背诵，那应该是我读中学时，参加歌咏大赛领诵的结果。"东风！红旗！朝霞似锦……大道！青天！鲜花如云……"无论如何，那些诗竟然成为我一生都无法磨灭的记忆。

接下来进入朦胧诗的年代，曾几何时，那一册《朦胧诗选》成为我的枕边书，北岛、舒婷、顾城、梁小斌、王家新……顾城《远和近》写道："你／一会儿看我／一会儿看云／我觉得／你看我时很远／你看云时很近。"新发的花朵，却引导我们重建独立思考的观念。我还记得随着"海外诗歌"的出现，我的书架上便有了一本破旧的诗选，那是沈昌文送给我的，一九六一年出版，封面封底都用牛皮纸糊死，只露出书脊，其中的诗人有方思、白萩、余光中、林泠、痖弦……相关的书，还有上世纪八十年代出版的《台湾现代诗选》《柔美的爱情》，两册书都收有林泠的诗，但都将林泠写成林冷，可见时空隔绝，相知之难。再者，在一九八七年春风文艺出版社的《台湾现代诗选》中收有周梦蝶的诗十首，应该是较早将周梦蝶的诗引入大陆的诗选。二〇一〇年，沈昌文、陆灏策划《海豚书馆》，其"〇〇一号著作"就是周梦蝶的诗集《刹那》，我们称这是周梦蝶在大陆出版的第一本诗集。

说到几年前沈昌文送我的书，其中有多本诗集，许多是签字本，签给沈昌文的有绿原《另一支歌》、唐湜《遐思——诗与美》，签给沈昌文、白曼颐的有屠岸《萱荫阁诗抄》，签给白曼颐的有李小为签的《李季诗选》。这里的白曼颐是沈昌文夫人白大夫，李小为是李季夫人。那时白大夫曾经在向阳湖"五七干校"卫生所工作，结识了很多名人，后来对沈昌文出版工作有所帮助，都不是虚话。再者，上面提到的绿原《另一支歌》，属于四川文艺出版社《诗人丛书》第四辑，其中还有黄永玉《我的心，只有我的心》、柯岩《中国式的回答》、甘永柏《木樨集》、牛汉《海上蝴蝶》等。

沈昌文送我的书中，还有湖南人民出版社的《于右任诗词集》。再有一本侯井天注解的《聂绀弩旧体诗全编》，此书印装粗糙，但版本难得。它应该是一些人集资的自印本，扉页注道："本应印明'舒芜校订'，面请未诺。"印八百册，成本二十五元。书前有胡乔木、高旅序文，还有聂绀弩自序，其中讲了很多故事，略记三段：一是聂绀弩写诗始于一九五九年的一天晚上，他在北大荒农场参加一次全民写诗活动，写到大半夜时，他交了一首七言古体长诗，第二天领导宣布，聂绀弩一晚上作了三十二首诗。他们是将这首长诗每四句切为一首，故而得到三十二首，从此诗名鹊起。二是聂绀弩诗集《三草》面世，评价众说纷纭，静闻说不合格律，高旅说变格，启功说新声，舒芜说奇诗，某诗家说别开生面，他自己说"瞎猫碰到死耗子"。三是后来聂绀弩要将诗集《三草》改名为《散宜生诗》。聂绀弩说，此名取自周文王时有"乱臣"十人，有一人名为"散宜生"，字面上又取"无用终天年"之义。此中"乱臣"语出《论语·泰伯篇》："武王曰：予有乱臣十人。"意为"治乱之臣"。

说到自印本，大概是诗集出版较难，且诗人追求独到的性理与情趣，自印篇章更能准确表达。我收存的自印本有《钱宝琮诗词》《唐大郎诗文选》《西湖诗词选》，还有线装自印本《杜工部草堂诗笺》《郑板桥诗抄、词抄、道情、题画、家书》。此中郑板桥一册最为珍贵，它最初是外公的藏书，后来外公送给我的父亲，父亲晚年又送给我，版本与亲情叠加在一起，当然难得，只是年代过久，品相不大好。顺言我存线装诗集不多，除了上述两册之外，还有湖北人民出版社的《黄鹤楼集》、林辰签赠的《涂鸦集》、王充闾签赠的《蓬庐吟草》。

说到书架上的诗集，其实有一个门类不容忽视，那就是在一些大作家的全集中，还有许多诗歌收入其中。这里将我存的全集中包含诗集的作家略记如下：一是《泰戈尔全集》共二十四卷，诗歌就有八卷。二是《歌德文集》十四卷,包括诗歌一卷,诗剧《浮士德》一卷,长诗《列那狐》《赫尔曼和多罗苔》一卷。三是《闻一多全集》十二卷,诗一卷。四是《胡适全集》四十四卷,诗一卷。五是《郑振铎全集》二十卷,诗一卷。六是《胡风全集》十卷,诗一卷。七是《陈寅恪集》十四册,诗集一册。八是《郭沫若选集》四卷,诗一卷。九是《丰子恺全集》五十卷,诗一卷。且说能出全集的大作家,大多能写诗,而且写得好,不能写的是少数,我不再一一列举。

最后说一说我关于诗的几段笔记:

一是我所喜爱的古诗词,有《辛弃疾词选》《饮水词笺校》,后者是纳兰性德的词,赵秀亭、冯统一笺校。最初在辽宁教育出版社出版,应该是研究纳兰词较早的一部优秀著作。二〇二一年冯统一对我说,多年来研究纳兰性德的后来者不少,他们起步大多会参照我们的本子,往往还要对我们批评几句。

二是辽沈书社的《明钞六卷本阳春白雪》,此书正文影印,前言目录却是手写影印。它虽是唱本,有趣的内容却不少,比如开篇《唱论》中写道:"古之善唱者三人:韩秦娥,沈古之,石存符。帝王知音律者五人:唐玄宗,后唐庄宗,南唐李后主,宋徽宗,金章宗。三教所唱,各有所尚:道家唱情,僧家唱性,儒家唱理。"

三是我所喜爱的新诗，首推胡适的《尝试集》《尝试后集》，那首小诗《希望》最让人难忘："我从山中来，带得兰花草。种在小园中，希望花开好。……"后来演化成家喻户晓的歌曲《兰花草》。说来胡适的白话诗，被谱成歌曲的还有几首，如《也是微云》，赵元任曾为之谱曲。再如《梦与诗》中的一段："醉过才知酒浓，爱过才知情重——你不能做我的诗，正如我不能做你的梦。"前两句被流行歌曲《女人花》引用。

四是《邵燕祥自书打油诗》《邵燕祥诗选》。有两点感想：首先，前一本为香港牛津大学出版社出版，印装精美；我还有欧阳江河的诗集《凤凰》，风格一致，自认为那样的款式才够得上"诗集"的装帧。其次，早在二〇〇〇年，那时我在辽宁教育出版社工作，沈昌文向我推荐邵燕祥主编的《当代打油诗丛书》书稿，收入七位作者的诗集。后来邵燕祥取回稿件，来信致歉说，又加入五家，凑成十二家，另有出版社愿意出版，为此我留下遗憾。

五是书房中还有一些我喜欢的诗集，如《新九叶集》、《陈毅诗词集》、《徐邦达诗词集》、施颖洲《世界诗选》、施蛰存《北山楼诗》、黄永玉《见笑集》、汪涌豪《云谁之思》。

六是新时期的诗,我喜欢哪些呢?首推还是海子的诗。喜欢他的哪一首诗呢?不单是已入教材的《面朝大海,春暖花开》,更是那首《九月》,诵读起来,如倾听歌手杨山抚琴吟唱,每次我的眼眶都会湿润:"目击众神死亡的草原上野花一片/远在远方的风比远方更远/我的琴声呜咽/泪水全无/我把这远方的远归还草原/一个叫木头/一个叫马尾/我的琴声呜咽/泪水全无。远方只有在死亡中凝聚野花一片/明月如镜/高悬草原/映照千年岁月/我的琴声呜咽/泪水全无/只身打马过草原。"

留一处科学园地

个人书房中存书的门类,体现着他的阅读经历,还有他的知识结构。比如我的书房,绝大部分都是人文类的书,但还保留着一架理科的书。它们的基本构成,有大学教科书,有数学史、科学史、理工科各类工具书,还有那些年我最喜爱的几百本数学与科学读物,其中以数学科普著作为主。

之所以说是保留,首先是它们的存放时间较早,大多是上世纪七八十年代的出版物,也就是我在大学数学系读书期间,以及毕业后的十年间,留下的阅读痕迹。其次是我后来的职业与兴趣使然,人生的轨迹逐渐远离了数学、自然科学等相关学科,转向人文学科的学习与研究。但我始终依依不舍,没有丢弃那些书。时常望着它们,心中还会流露出一丝丝的快意。为什么?记得那时年轻的我,如此喜爱它们,一本本买回来,一页页认真翻读笔记,书中的知识,点点滴滴,融入我的思想深处。从知识构成到思维方式，如果没有理科教育的基础，我是很难深入理解它们，对它们产生浓厚兴趣的。如今回望过去几十年间，在我的阅读生活中，由于有了它们的存在，我自身的知识结构得到丰富，多出了一块永久的记忆。它们产生的知识与精神的力量，时时会在我的人生中不自觉地表现出来。

面对这些书，首先是我喜爱的丛书，如《美国新数学丛书》《日本中学生数学丛书》《第一推动丛书》《数学小丛书》《世界数学名题欣赏丛书》，还有《运筹学小丛书》《走向数学丛书》《数学方法论丛书》《数学·我们·数学》《科学家谈物理》。其次是个人著作，它们都是我早年崇拜的科学家、数学家、科普作家的作品，国外的有阿西莫夫《自然科学趣谈》《数的趣谈》《科技名词探源》《你知道吗？》、盖莫夫《从一到无穷大》、史坦因豪斯《数学万花镜》《一百个数学问题》《又一百个数学问题》、克莱因《古今数学思想》《西方文化中的数学》、丹齐克《数，科学的语言》、波利亚《数学与猜想》《数学的发现》、霍格本《大众数学》、李约瑟《中国科学技术史》《中国古代科学》《四海之内》。国内有华罗庚《华罗庚科普著作选集》《从杨辉三角谈起》《从祖冲之的圆周率谈起》《从孙子的神奇妙算谈起》《数学归纳法》《谈谈与蜂房结构有关的数学问题》，苏步青《谈谈怎样学好数学》《数与诗的交融》，王梓坤《科学发现纵横谈》《科海泛舟》，王元《谈谈素数》，陈景润《初等数论》，杨乐、李忠《中国数学会六十年》，郭书春《九章算术（汇校本）》，吴振奎《斐波那契数列》。还有一些传记与回忆录，如瑞德《希尔伯特——数学界的亚历山大》、何丙郁《我与李约瑟》、钱永红《一代学人钱宝琮》，又如《爱因斯坦传》《杨振宁传》《科学家词典》等。凡此种种，不再尽述。

总结我存放上述著作的初衷有三条：

首先是因作者而收存的书，像大师级的人物华罗庚，我不但收存他上述的普及性著作，也会收几本他的数学专著，如《数论导引》《数论在近似分析中的应用》，即使不读或难读，也不会丢弃。还有陈景润，当初受到徐迟的报告文学《哥德巴赫猜想》影响，我曾经专门去陈景润家中拜访，组织出版了他的普及本《哥德巴赫猜想》。我还因此爱上了数学中的数论学科，收存相关著作有潘承洞、潘承彪《哥德巴赫猜想》，杜德利《基础数论》，熊全淹《初等整数论》，闵嗣鹤《数论的方法》，王元《谈谈素数》，另外还有陈景润《初等数论》第一部，那是一本薄薄的小册子，起印竟然达一百二十万册，可见那时痴迷陈景润的人太多了。后来我自己写过一些相关的科普文章，出版了几本小书如《古数钩沉》《自然数中的明珠》等。

其次是因问题而收存的书：关于数学，我存有柯朗《数学是什么？》，亚历山大洛夫《数学——它的内容、方法和意义》，贝尼斯《文科数学》，邓东皋、孙小礼、张祖贵《数学与文化》。关于对称，我存有魏尔《对称》、阿·热《可怕的对称》、李政道《对称与不对称》、段学复《对称》。关于无限，我存有盖莫夫《从一到无穷大》、彼得《无穷的玩艺》、兹平《无限的用处》、丹齐克《数，科学的语言》、帕斯卡尔《思想录》、黑格尔《小逻辑》、霍夫斯塔特《哥德尔、艾舍尔、巴赫——集异璧之大成》。关于计算机，我存有阿波京、梅斯特洛夫《计算机发展史》，德雷福斯《计算机不能做什么》，戴维斯《可计算性与不可解性》，彭罗斯《皇帝的新脑》。

再次是我的阅读与写作兴趣，在由理转文的初期，先是由纯数学转为科学普及，接着走向科学史、数学史，再接着步入哲学史、思想史、史学史，存书有庞朴《一分为三》、江晓原《天学真原》、洪万生《谈天三友》、刘君灿《科技史与文化》、吴慧颖《中国数文化》，还有各类史学著作。

下面记述几段我的阅读笔记：

一是《中国古代科学家传记选注》，一九八四年岳麓书社出版。中国古代并没有科学及科学家的概念，相关的所谓科学人物,只能按照今天的观念,从众多历史人物中筛选出来。这一项工作会有两个走向,一个是将史料按照"取其精华,去其糟粕"的原则加以处理,使之符合时下的调性;再一个是尊重历史原貌,对史料进行实事求是的注说与再现,保持旧说的完整性,把思考的权利留给读者。本书编者遵循后一项原则,选文好,大量的注释尤其好。当年我读到此书时才二十几岁,它帮助我走出种种思想禁锢,对我起到了巨大的启蒙作用。我认为最优美的故事是摘自《旧唐书》中僧一行访师天台山国清寺那段:"见一院,古松十数,门有流水,一行立于门屏间,闻院僧于庭布算声。"如此美妙的历史图景描述,始终让我陶醉。因此我将它们背诵下来,至今不忘。后来唐代道士邢和璞说:"汉代洛下闳编制历法时曾说:'后八百岁当差一日,必有圣人正之。'如今一行的《大衍历》修正了前人的谬误,他不就是圣人吗?"

此书中还记载了宋代盲人算家卫朴的故事,取自沈括《梦溪笔谈》、李焘《续资治通鉴长编》、张耒《明道杂志》。沈括称赞卫朴是"一行之流""今古未有"。卫朴曾经为徐州制作漏壶,有壶而无箭。后来苏东坡著文《徐州莲华漏铭》,称赞燕肃莲花漏精美的同时,嘲讽卫朴"废法而任意,有壶而无箭,自以无目,而废天下之视"。对此史家反驳说:"苏东坡有见于燕肃之精,而无见于卫朴之简,无奈讥笑之不公乎?"《明道杂志》还记载卫朴七十余岁离世,仙去不死,"尝令人听其脑,中有声,常若滴水云"。

二是《布尔代数》,我有人民教育出版社、科学出版社的版本。撰译者刘文是王梓坤的弟子,我为他出版过《测度论基础》《不等式启蒙》《无处可微的连续函数》。外界知道英国数学家布尔的人不多,但库克《现代数学史》说:"罗素称赞布尔是纯粹数学的发现者,他的名字被直接用作某种数学体系的形容词,甚至是不用大写字母。"那些年我在学习布尔代数时,一度对布尔的身世很感兴趣。他早年只是在地方学校读了几年书,后来自学数学,二十一岁精通拉普拉斯"天体力学"。二十四岁时布尔申请进入剑桥大学读书,但剑桥学术期刊主编格列高利读过他的投稿,因此劝他放弃学位教育,专心自己的数学研究。后来没有学衔的布尔被任命为爱尔兰科克市王后学院数学教授,直到十五年后逝世。他的几个女儿、女婿、外孙都是科学家,很有名气,而我最感兴趣的是"布尔最小的女儿莉莲不是别人,正是受到广泛阅读的革命小说《牛虻》的作者伏尼契"。

三是《大众数学》,霍格本著。我收存有两个版本,一个是影印版，繁体字，译者胡乐士。当年我怎么得到它的也想不起来了，只是喜欢得不得了，甚至当作枕边书来读。再一个是科学普及出版社的版本，上世纪八十年代出版。《大众数学》开篇讲的第一个故事非常有名：十八世纪，法国启蒙思想家、百科全书学派代表人物狄德罗，曾经有一段时间在俄国宫廷中居住。他辩才超卓，口若悬河。沙皇担心臣子们受到狄德罗的蛊惑，动摇对他的忠诚，于是请来大数学家欧拉与狄德罗辩论，遗憾的是狄德罗对于数学一窍不通，视代数为天书，根本无法应对，只好在群臣的讥笑声中黯然退场。

由此我想到斯蒂恩的《今日数学》，他在本书开篇即引用哈尔莫斯的话写道："甚至受过教育的人们都不知道我的学科存在，这使我感到伤心。"

书房中的思念

二〇二三年五六月间,又有几位熟悉的人接连离开了这个世界。说是熟悉,不仅是面上的相识,更是我对他们学识、情趣、文章的了解。我的书架上,或多或少收存着他们的一些著作。常言"书比人寿长",现实真真切切,此时我站在书房中,静静地注视着那些书,睹物生情,心中落寞而感伤。

五月二十六日,姜德明去世,终年九十四岁。姜先生是报人、藏书家,我对他的认知与亲近感,来自他主编的《现代书话丛书》。这套书共两辑十六册,收有鲁迅、周作人、郑振铎、阿英、巴金、唐弢、孙犁、黄裳、夏衍、曹聚仁、胡风、叶灵凤、陈原、姜德明、倪墨炎、胡从经的书话。我多次写文章,称赞它们是编辑的必读书,是我案上的常备之物。由此想到,沈昌文晚年清理书房,送我一百箱书,其中就有《现代书话丛书》中的几本,而《姜德明书话》一册却是姜先生签赠给徐淑卿的。徐女士是台湾出版人，她来大陆工作多年，我们早有业务上的往来。我在台湾出版《一面追风，一面追问》时，她做责任编辑，书名就是她从我的文章中选定的。她的书怎么会跑到沈先生的书箱中呢？想一想，我记得淑卿曾经与沈先生共事多年，一定是她的书混入沈先生的书箱，沈先生送我书时带了过来。其实还有一本吴兴文的《藏书票风景·收藏卷》，是吴先生签赠给徐淑卿的，如今也出现在我的书架上，看来也是沈先生如上操作所致。

我的书架上还有一册姜先生的《书边草》，环衬上钤有浙江人民出版社赠书印。上世纪八十年代，国内许多出版社之间有互相交换样书的约定，用于彼此的资料室建设。那时我刚进出版社工作，经常从资料室中借阅图书，此册大概是我借出未还。《书边草》中有黄裳一九八〇年的序言，当时黄先生来到北京姜德明家中做客，看到姜先生的藏书如此之丰富，想到自己的昔日收藏，不禁发出"如寻旧梦，如拾堕欢"的感叹。

再有姜先生的《书衣百影》《书衣百影续编》，好看且难得。说到关于书籍装帧的书，我的书架上还有范用《叶雨书衣自选集》、张守义《装帧的话与画》、汪家明《难忘的书与插图》、周立民《黄裳书影录》。张守义是装帧名家，他的那一册书，由张中行作序言，也应该是沈昌文送给我的。张守义有一个爱好，即收藏民间各种灯具，他自称"藏灯人"。他的图书封面设计也以灯具多见，例如他设计的二百本《中国思想家评传丛书》，还有《巴尔扎克全集》，封面上都有一盏灯。

六月十三日，黄永玉走了，九十九岁。我作为出版人，只为黄先生出过一本书《太阳下的风景》，此事还要感谢黄先生口中的帅哥周立民的引荐。其间，黄先生曾经两次约我去他的家中聊天、吃饭，留下的记忆大约有四个：一是出版文字类著作，黄先生不肯做豪华装，他说此类书是让人读的，要平装，要廉价，要让更多的读者买得起。二是他看到我送给他的《冷冰川墨刻》，大赞冷冰川的画作，约冷先生来家中做客，还写诗曰《读冰川画——你的劳作简直像宋朝人》。四月时，黄先生又约冷冰川见面，写诗曰《冰川素描》："你每一页都厚得像字典。永远永远翻不完你的页数。你谁都不像。忌惮无从下口。你没惹谁而谁都不怕。你没天敌，而你的天无边的大。"三是黄先生喜爱小动物，我去过他的两处住宅，小猫、小狗啊，跑来跑去。他指着身边的一只小猫笑着说："它每天早晨会跳到我的身上，唤醒我起床。"吃饭时走来一只漂亮的小狗，温和地蹲在那里。黄先生说，它是一只被人遗弃的流浪狗，它的情绪刚刚好转过来。四是二〇一九年六月六日，我去万荷堂拜见黄先生，离开时他的家人对我说："黄先生托您致意沈昌文先生，希望他方便时来家中做客。"后来疫情猖獗，两年后沈先生九十岁，不幸离世。如今黄先生也离开了，留下一个再难实现的邀约。

我收存黄先生的书不少，最多的是李辉编写的，有《传奇黄永玉》《黄永玉的文学行当》《黄永玉：走在这个世界上》，还有《黄永玉全集》。说到难忘，首先是巴金故居编的《黄永玉作品系列》，形式为五组明信片，包括《出恭十二景》《沿着塞纳河到翡冷翠》《文学作品插图》《水浒人物》《十二生肖》。编者尽收黄先生画笔下的幽默，其中以"出恭"一组最让人捧腹。我最初见到此画是在《海上文库》中，林行止的《说来话儿长》，黄先生作序文，还附上《出恭十二景》，文图互照，都是文坛画坛的顶尖高手。再想到黄先生兔年的"兔票"形象，构思超然界外，如今都成绝世绝笔绝响了。其次是周毅的《沿着无愁河到凤凰》，难忘她的风姿与文字，难忘她在书中写道："黄永玉说沈从文像手里捏了几个烧红的故事，一声不吭。我看到黄永玉与凤凰的手里也都捏着烧红的故事。无意瞥见，令人如临高岸深谷，也一声不吭。"再次是《永玉六记》，尤其是难忘《罐斋杂记》序言《动物短句相关的事》中那段"笑脸的故事"，寥寥数语，读起来让人感到如此震惊、如此恐怖。

近年黄先生签赠我两本书,一是诗集《见笑集》,书装打破了简约的限定,封面用亮黄色布面,切口也涂上亮黄色,还送一个亮黄色的布袋子。小书拿在手上,实在让人喜爱。再一是画册《水浒人物及其他》,厚厚一大本,画得好,装帧好,材料好,题句更是妙不可言,难怪黄裳夸黄永玉题画水浒人物"片铁杀人"。由此想到黄裳为《沿着塞纳河到翡冷翠》所作序言,他引用黄永玉后记中一段父亲与八九岁女儿的对话,女儿说:"爸爸,你别自杀,我没进过孤儿院啊!怎么办?爸爸!"父亲拍拍她的头说:"不会的!孩子!"我还想到陈子善编的《爱黄裳》,书中有黄永玉序言以及妙文《黄裳浅识》。此时再读,另有一种离愁别绪涌上心头。

六月十九日,吴兴文去世,终年六十六岁。吴先生是台湾出版家,他比我小一岁,他的早早离去,让人十分感伤。记得一九九六年,他在沈昌文陪同下到沈阳做藏书票讲座。那是我们初次见面,吴先生送给我他的著作《票趣——藏书票闲话》,不久我为他出版《藏书票世界》,这是他在大陆出版的第一本书,我们也成为一生的好朋友。初始印象,吴先生为人坦诚,做事认真,豪饮无忌,个性张扬,为两岸文化交流做了很多好事情。他自己一生出版过十余部著作，如《票趣——藏书票闲话》《藏书票世界》《我的藏书票世界》《我的藏书票之旅》《图说藏书票》《比亚兹莱的异色世界》《书痴闲话》《书缘琐记》。这些书我的书架上都有，而且都是吴先生的签赠本。

二〇〇九年我进京工作，几年后请吴先生来海豚出版社做特邀总编辑，发掘台湾图书资源。他曾经策划出版两个系列的图书，一是影印古代典籍，如《百部丛书增编》；再一是主编一套《海豚启蒙丛书》，收入十余部图书，如《狂流》《春申旧闻》《春申续闻》《春申旧闻续》《民初名人的爱情》《右任文存》《台湾早期史纲》《康熙大帝》《从异乡人到失落的一代》《三十年文坛沧桑录》。二〇一五年，海豚出版社为吴先生出版《书缘琐记》。此书封面用白布印上威廉·莫里斯的花布图案，款式是吴先生自己选定的。他在送我的题签中写道："晓群兄，再续《藏书票世界》，更上一层楼。有威廉·莫里斯加持，如虎添翼。"不久台湾远景出版公司又出版《书缘琐记》的繁体字版。

说到藏书票，我的书架上还有几册相关的书，一是子安的《藏书票之爱》，很漂亮，属于《蜜蜂文库》，我还存有蔡家园《书之书》、廖伟棠《野蛮夜歌》。二是子安的《西方藏书票》，是子安先生签赠给沈昌文的书，也随着沈先生的书箱来到我的书架上。三是贾俊学的《衣带书香——藏书票与版权票收藏》,应该也是沈先生的存书,书中附有许多名人题词影印件,沈先生赠言题在一张白纸上,他写道:"不懂藏书票,可是喜欢藏书票;没有收藏过一张藏书票,因此只能勤读贾俊学的藏书票。沈昌文2004.3。"

藏书的乐趣

二〇二三年九月，我们在北京 SKP 书店组织真皮书展销活动，请来两位藏书家谈中西方书籍装帧的历史。一位是王强，主谈西方书籍装帧的往事；一位是韦力，主谈中国古代书籍装帧的故实。两个多小时的活动气氛热烈，笑声不断。

当主持嘉宾绿茶问道："二位藏书家，都是各自领域数一数二的人物。那么多珍贵的版本，收藏在书房里，你们的终极追求是什么？"现场的气氛开始有些严肃。韦力保持一贯的幽默方式，他回答："我本无远大志向，藏书只是出于人生乐趣，使自己的生活感到充实。早年走上这条道路，便收不回来了。至于未来，所想不多。"王强说到自己由读书到藏书的人生经历，自自然然，清清楚楚。但想到藏书的未来，他的目光中流露出淡淡的感伤。他说："我只求自己的收藏，能够在人文历史上留下一点儿光焰。至于藏书的归宿，我想应当属于那些真正爱它们、懂它们的人。"

绿茶接着问道:"除此之外,你们日常有哪些藏书的乐趣呢?"说到乐趣,二位藏书家的话题就丰富了很多。王强谈到他的专题收藏,如詹姆斯·乔伊斯的作品,从《都柏林人》《一个青年艺术家的画像》《显形记》《芬尼根守灵夜》《贾科莫·乔伊斯》《处处有子女》《狐狸与葡萄》《英雄斯蒂芬》到《尤利西斯》,从签名本、编号本、皮装本到定制本,让人叹为观止。几年前王强带着这些书到上海与书友见面,为此还印行一册皮面纪念簿《王强收藏——乔伊斯作品珍本选粹》。在上海图书馆举办的见面会上,有四百多人聆听了王强等人的演讲。其间还组织了一个十几人的品鉴会,王强与书友面对面,欣赏乔伊斯的珍本世界。

韦力收藏中文旧籍,踏遍千山万水,成为"国内最大的藏书家"(翁连溪语)。谈到收藏的乐趣,韦力的演讲语气平和,言辞低调。他一生践行"读万卷书,行万里路"的生活方式,他的著作很多,专书有《芷兰斋书跋》系列、《批校本》、《古书题跋丛刊》、《书目答问汇补》、《鲁迅藏书志》,专题有《上书房行走》《书魂寻踪》《寻访官书局》《书院寻踪》《书坊寻踪》《书肆寻踪》《书店寻踪》,还有庞大的"觅"系列丛书,以及多本介绍收藏知识的普及读物，他的畅销著作《得书记》《失书记》《古书之美》《古书之爱》实在好看。有这样的知识背景，韦力讲藏书的故事，信手拈来，滔滔不绝。

以往我一再强调，自己的书房只存书，不藏书。但由于职业工作的关系，多年来耳闻目睹，知道藏书有趣的玩法不少。此处归结一下，略述三项：

其一，版本控。这是一件很有意义的事情，参与者首先要学会看书的版权页。我是出版人，格外注意书籍的版本研究。旧籍的版本之杂乱不足为奇，新书的版本收藏会有新意。比如王强的著作《书之爱》，后来改名为《读书毁了我》。此书不断再版、新版，点数一下，以版权页为据，二十几年间，有五个版本陆续上市。一是二〇〇〇年初版本，书名曰《书之爱》，属于徐小平主编的《新东方学校文丛》。二是二〇〇六年台湾网路与书出版公司修订版，书名依然是《书之爱》，沈昌文、郝明义序言。三是二〇〇六年群言出版社修订的简体字版，内容沿用了网路与书出版公司的版本。四是二〇一二年中信出版社版，书名改为《读书毁了我》，正文未动。五是二〇一八年香港牛津大学出版社繁体字版，书名沿用《读书毁了我》，沈昌文、俞晓群序言。六是上海人民出版社暨世纪文景简体字版，与牛津版同年上市。近日此书又要出新版，最初王强希望加入几篇新的文章，我认为在读者的心目中，此书内容已成定式，还是保持原貌为好。新文章既有数量又有新意，不如另立名目，构成新著。王强接受了我的观点，他的一部新书将于晚些时候与读者见面。

还有一些附着于《书之爱》版本之上的故事，也很有趣。一是封面改装定制，比如《读书毁了我》多色仿皮版、真皮版，其中有些版本不受版权页之限定，书房中收存把玩，却不可少。二是在王强的《书之爱》中，推荐过另一本书，即理查德·德·伯利的《书之爱》。王强对此书非常喜爱，因此他自己的著作也用了这个名字。我们后来也将伯利的《书之爱》翻译出版了。三是简、繁体两种版本共存，这是当今世界上，中文书独有的一个文化现象。比如我曾经有繁体字版《一面追风，一面追问》出版，此书简体字版称《这一代的书香》，书中添加了一些文字。这些年此类事情极多，浏览我的存书，简、繁体版本并存的著作比比皆是，如沈昌文《也无风雨也无晴》、祝勇《故宫的隐秘角落》《故宫的风花雪月》《血朝廷》《旧宫殿》、毛尖《有一只老虎在浴室》《我们不懂电影》《一直不松手》《夜短梦长》、陈子善《沉香谭屑——张爱玲生平和创作考释》。

其二，签名本控。请作者在书上签名之事由来已久，究竟有多久呢？陈子善说，他见到最早的签名本，是他收藏的《天演论》，一九〇一年译者严复签道："旧译奉彦复老兄大人教，弟复。"此书一八九八年出版，三年后签赠，故称旧译。彦复即吴彦复，号北山，当时名士。我觉得陈子善的《签名本丛考》可以称为当代签名本收藏的指南。虽然他的收藏对象以现代文学著作为主，但其中记载的藏品之丰富、版本之珍贵，实在让人叹服。所以说，此书既可以作为爱好者学习的读本，也是学术研究的一条独特的路径。

陈先生将签名本的形态划分为五种类型：一是作者新著出版时赠送给友朋的签名本。此中还有准签名本，即在书中夹一张名片，正面写上四个字"著者敬赠"，胡适送给林语堂的《胡适文存三集》初版一册，就是这样做的。二是新书上市时作者在现场的签售，此类签名往往没有上款。三是出版社推出的限量版编号签名本。四是事后请作者补签的签名本。也有作者未能补签的故事，如陈子善得到一册施蛰存的《灯下集》，是一九三七年初版，施先生毛笔题赠沈从文的版本。陈先生拿去给施先生看，施先生说："你花那么多钱干什么？"吓得陈先生想请施先生再题写几句话也咽了回去。五是有上款、下款和作者题词的签名本，是最完善最齐备的签名本。

其三，毛边本控。事先声明，我读书、存书，一直不大喜欢毛边本。记得我的小书《蓬蒿人书语》出版时，出版者给我的样书有毛边、光边两种，我提出留几本毛边就可以了，其余的都换成光边吧。出版者闻言很高兴，他说毛边本好卖，一抢而空。我为什么不喜欢毛边本呢？一是我存书主要为了阅读，而毛边书又称"不裁"，当然不方便阅读了。二是我性子急，拿起一本书喜欢随性翻读，看看前言后记、目录扉页，看看书中好奇之处，一着急就把书裁坏了。我写此文时，就不小心裁坏了一本子善先生签赠的《签名本丛考》，那本书纸张太好，轻裁不开，一用力纸张便从别处撕裂了，让我心痛了好一阵子。三是据说处女座的人有洁癖，毛边本的切口里出外进，看上去不整齐，还会落入灰尘，无法掸去，真让人受不了。四是西书收藏大咖王强时常现身说法，给我看他的西方经典毛边本收藏，确实与我们的"毛边"大不一样，当下的种种毛边藏品都不入他的法眼。王强曾经拿出一本"标准的毛边书"让国内一家印刷厂照着做，厂长说："做不了。这本书是日本做的，我们国内还没有这样的机器。"

虽然我不喜欢毛边本，却不拒绝毛边本，还热衷于相关知识的阅读。沈文冲的《中国毛边书史话》是一本很不错的书，书中许多内容有趣且有用。有趣的是书前有多篇序言、赠言，献言者有黄裳、钟叔河、陈子善、龚明德等。黄裳写道："我曾是毛边党，但是六七十年前事，目前尚有毛边书若干，皆鲁迅著作也。周作人书只有两三种是毛边的。可见他虽提倡，却未实践。"陈子善写道："毛边本是中国新文学运动的产物。上世纪二三十年代是毛边本的全盛时期，毛边党人周氏兄弟著作的毛边本一直是新文学书刊收藏家的至爱。"此书下辑"中国百年毛边书书人、书事、书录编年录"，其中许多记载很难得。比如国人关于毛边书较早的记载，见于钟叔河编的《走向世界丛书》之曾纪泽《出使英法俄国日记》（一八八〇年），书中写道："诵英文，裁英文书二册。英法书肆，于新刻之书装订完好而纸张相连，不肯裁切……"

期刊的记忆

回顾我的阅读生活，发现一个有趣的现象：当我关注某一个文化门类时，一般会从阅读相关期刊开始。伴随着兴趣转移，订阅的期刊也会发生变化：上大学时我喜爱文学，订阅过的刊物有《人民文学》《上海文学》。后来我喜爱科普及科学史研究，开始订阅《科学爱好者》《中学数学》《自然辩证法通讯》《自然科学史研究》。再后来我从事出版工作，陆续订阅过《读书》《文史知识》《人物》《新华文摘》《博览群书》《三联生活周刊》等。

近几年整理存书，因为书房空间有限，我忍痛将多年残留下来的杂志几乎全部处理掉了。说是"残留"，本缘于我的阅读兴趣转移时，读过的旧书往往会留存下来，而旧期刊就没有那么幸运了，我时常会以新替旧，且读且丢。最多是在淘汰旧杂志之前，将其中有兴趣的文章剪裁下来，粘贴在资料簿上，或放入文件袋中保存。为什么会这样做呢？原因之一是图书与期刊的编辑方法有着很大的差别。首先是期刊的形式，通常为多作者、多栏目、多方向的组成方式，内容庞杂，水平参差不齐，与图书的章节结构大不相同。你中意期刊中的某一篇文章，把它留存下来，就会附带留下一些不相干的文章，因此很容易造成存放空间的紧张。其次是期刊的内容，作者的文章往往是一种离散的存在，而他的著作却做过整合、深化或补充工作，两者的阅读感受会大不相同。相对而言，我更看重后者。

话是这样说，但在处理期刊的过程中，有些我还是大为不舍，像《新华文摘》《三联生活周刊》《文史知识》《新周刊》，它们都是成套地存放，最后还是割爱送了出去。那么是否有留下来的期刊呢？有啊，只有两套加一类了。它们是什么呢？

一是《读书》杂志，我存有一九七九年四月到一九九六年的合订本。那时辽宁教育出版社在《读书》封三、封四上做广告，还出版《榾柿楼读书记》《书趣文丛》等著作，其间宋远送给我几箱《读书》合订本，包括《读书》的创刊号。此后几十年间，它们一直混放在我的存书之中，跟随我走南闯北，落满灰尘，却始终未丢失，也是一件幸事。

二是《万象》杂志，辽宁教育出版社主办，我全套留存。这是我一生从事出版工作，亲自主编的唯一一种期刊。直到二〇〇九年七月去北京工作，我才离开主编的岗位。我收存有一九九八年十一月到二〇〇五年底的《万象》合订本，其中有创刊号。与《万象》相关的名人名事太多，最难忘的人物有沈昌文、王充闾、扬之水、陆灏、陈子善、傅杰、王之江、柳青松。

三是那些刊载我文章或评论的一类期刊，大约有几十种一百多本，一直不舍得丢弃。留存较多的是《编辑学刊》，二十几年间，在编辑姚丹红的邀约下，我在那里写的文章最多，曾经开了几年专栏。此外还有《出版人》《出版广角》《中国编辑》《书与人》《新华文摘》《当代作家评论》《文化学刊》《华语文学》《东吴学术》等。近些年网络发达，许多杂志将文章在纸媒与网媒上同时刊发，期刊社也不大寄样刊了，倒也省却我实物收存的麻烦。

整理这些期刊，有几件难忘的事情略记如下：

其一，《读书》与《万象》创刊，时间相隔整整二十年。《读书》由陈原、陈翰伯、史枚、范用等前辈开创，几年后沈昌文接手；《万象》由沈昌文开创，同时由陆灏实操。在这里，我将两者的形式与内容做两点有趣的比较：

首先是两者都没有正儿八经的"发刊词"。最初《读书》的编者几乎不露面，他们只是在创刊号上补白一段"编者的话"，文字平实直白，看似几位前辈的手笔。其中写道：我们这个月刊以书为主题，坚持解放思想，希望成为读者与作者之间的桥梁，我们主张改进文风，反对穿靴戴帽，反对空话套话，反对八股腔调。再说《万象》，它的编者也不肯露面，只署名"万象书坊"，但地球人都知道，大小坊主就是沈昌文、陆灏。他们开篇连一段"编者的话"也不肯说，只是开了一个"万象信箱"。但在创刊号出版之前，不可能收到读者来信，坊主坦言："姑自拟问题数则，并作答复。难免有弄虚作假、搔首弄姿之处，阅者谅之。"接着自问自答，无非是为何编、怎么编、何为海派、如何杂中见趣、何以巧立名目。

其次是一九八四年一月始，沈昌文开始在《读书》上设立《编后絮语》版块，一九九一年改称《编辑室日志》，一九九五年改称《阁楼人语》，一路写下去，一直写到一九九六年退休。陆灏将它们整理到一起，名曰《阁楼人语——〈读书〉的知识分子记忆》，二〇〇三年由李辉主持出版，二〇一八年海豚出版社再版。那么这些文字何来呢？沈先生说："每期杂志出版，总有几十封来信，不免读后浮想联翩，进而发为文字。"由此联想到《万象》的"万象信箱"，从形式到内容，确实与《读书》一脉相承。

若说不同，只是后者的文字更为俏皮，更为生动，更为放得开。比如谈到"办刊宗旨"，直到《万象》第七期，坊主才声言，受王蒙文章《笑而不答》启发，首次阐明《万象》的主题："我们所求不多，只是想在水中捞月而已！"

其二，整理我存留下的杂志时，睹物生情，不禁想起两位不久前逝去的先生。

一位是刘硕良，二〇二三年九月病逝，终年九十二岁。刘先生是当代出版家中一位传奇式的人物，他在上世纪八十年代，参与创办漓江出版社，首先推出《获诺贝尔文学奖作家丛书》，让当代读者大为受益，久久难忘。我与刘先生相识，始于他退休后受聘主编《出版广角》杂志。二〇〇〇年前后，刘先生曾经约我写过两篇长文《一流的体验》《最后的盛宴》。他赞扬我文字好，有个人思考，将我的文章列为杂志的首篇发表，还让我参加杂志年度佳文评奖。刘先生的鼓励，使我建立起坚持"两支笔"的信心，一生笔耕不辍。后来《出版广角》还登载王建辉文章《同道俞晓群》，以及我的文章《"新世纪万有文库"十年祭》等。我记得刘先生曾经带领他的记者团队，来到辽宁出版集团采访。交谈中他提出让我做"封面人物"，我推托说："不敢。况且我只是副总，前面还有老总。"他说："老总先上，你也要上，我们就是要推送有潜质的年轻人。"

另一位是林建法,二〇二二年五月去世,终年七十三岁。我与林先生相识很久,而真正深入交往成为好朋友是在二〇〇六年,那时他从报刊上读到我的文章。在辽宁作家网二〇〇七年度回顾文章《涌动着生命质感的文化品性》中写道:"我们寄希望于辽宁散文的多元发展,既在于新人新作的辈出,也在于名家创作的不断深化更新。写张学良、瞿秋白,是王充闾近现代题材的又一开始;而俞晓群却是新面孔。作为专业人士,他有关术数的著作早为人知;作为出版家,他策划编辑的大量图书在国内外享有盛誉。而以散文作者跻身于辽宁文坛,确实有'陌生化'效果。我读过俞晓群四篇散文,文题便有超凡脱俗之感,摒弃三五字句的公式,似乎是从文中拈来的一句话,画龙点睛,心领神会,刻意又不刻意,全文的意旨扑面而来。无论谈及黄仁宇、王充闾的学术成果或者人格魅力,还是评点美国文化及文化传播,作者的叙述都有条不紊,由浅入深,融知识、学术、文化、时代于一体,而且讲究视野,讲究胸怀,讲究境界,内容浩瀚,篇幅扼要,说理叙事恰到好处,理性的光芒随处可见。这是学者智者善者的散文,不是像不像黄裳、董桥、张中行的问题,而是作者长时间徜徉书山文海的厚积薄发,是文化的蔓延与传承。

俞晓群的出现，是辽宁散文创作的一个亮点，也是我省散文创作略显单调局面的一个补充。"接着，林先生请评论家何平写文章《出版史即思想史》，品评我的小书《一面追风，一面追问》。他还在主编的期刊《当代作家评论》《华语文学》《东吴学术》上推介我的著作，刊载我的文章。后来我的文章《国有学》荣获辽宁文学奖。再后来我到北京海豚出版社工作，林先生帮助我组织书稿"六短篇系列"，包括莫言、王安忆、孙甘露等二十位作家的著作。直到他病重，依然给我打电话、发邮件，谈书稿的事情。最终这也做不了了，只好让他的公子帮助传递信息。这些事情历历如昨，至今想起来，还会让我泪目。

集报者说

近年整理书房，留下一书架旧报纸。回想我集藏报纸的习惯始于上世纪八十年代，至今也有几十年的光景了。那些年，报纸是最主要的信息来源之一，订阅量很大，如今剩下的只是其中很小一部分。它们为什么能够存留下来呢？总结一下，大体有三个取向：一是与工作相关的文字，如报道、评论、广告。二是个人的文字，如我的专栏文章。三是我感兴趣的一些文化故事。日常读报时，我会将刊载这些信息的报纸挑拣出来，堆放在办公室的一个角落。

十几年前在辽宁工作时，由于堆放的报纸越来越多，还遭遇一次办公室跑水，我曾请人整理一次，清除许多重复、破损的报纸，还做了大量剪报，粘贴出十几册报刊资料。后来我离开辽宁，搬迁时丢下许多书刊，也曾想将收存的报纸全部扔掉。翻检之际，深感报纸上的所记所闻，视角独特，内容鲜活，不可替代，不可再得。最终还是不舍，将它们挑挑拣拣，装箱带走，留存至今。

为写本文，我把旧报纸从书架上抱下来，一面为旧日的记录感动，一面为落满的灰尘侵扰，翻阅不足一半，我的呼吸已极度不畅了。好在一半的内容已经足够丰富，暂且以此为基础，完成本文的写作。

下面根据我存报的"三个取向"，讲几段相关的故事。

其一，关于工作，回顾几十年职业生涯，留下记忆的载体不少，除了书刊、网络、笔记，再有就是旧日的报纸了。报纸的记忆内容丰富，文字生动，文章的表达形式与其他媒体多有不同。

先说一些名家的序言，通常会在报纸上转载。届时编撰者还会为序言冠以"花名"，汇集起来，颇为难得。例如：张岱年序《国学丛书》，一九九一年《光明日报》题曰《以分析态度研究中国学术》。李侃序《中国地域文化丛书》，一九九一年《光明日报》题曰《拓宽中国文化的研究领域》。刘心武序《新世纪万有文库》暨《未来千年文学备忘录》，一九九六年《中华读书报》题曰《一千年太少》。路甬祥序《BBC地球故事系列》，二〇〇〇年《中国图书商报》题曰《勾人魂魄的地球故事》。路甬祥序《探索书系》，二〇〇〇年《中华读书报》题曰《探索——追寻生命的意义》。

再说一些名家的书评，由于此类文字短小随意，事后他们的个人文集大多不收，旧报纸会成为唯一的记忆：舒芜评《书趣文丛》，撰文《执其两端谈书趣》，一九九六年《中华读书报》载。葛兆光评《周一良集》，撰文《学问的意义毕竟久远》，一九九八年《中国图书商报》载。陈乐民评《新世纪万有文库》暨《通鉴胡注表微》，撰文《开卷有益闲话》，一九九九年《文汇读书周报》载。姜德明评《万象》杂志，撰文《〈万象〉闲笔》，二〇〇〇年《新民晚报》载。李银河、江晓原评《风化史系列》，以"作别西天的风月"为主题，李银河撰文《性的正史》，江晓原撰文《唯物的细说》，二〇〇一年《中国图书商报》载。李敬泽评《万象》杂志，撰文《散文的侏罗纪末期》，其中第三、第四节题目是《〈万象〉：新文人的全球化表情》《前工业时代的文化遗址》，二〇〇二年《南方周末》载。

当然，报纸上留下的负面记忆也很多。比如梁从诫评《万象》杂志，在二〇〇〇年《中国图书商报》上撰文《厘清事实》，批评施康强《应县照相馆旧事》一文是"凭幻想推演出来的一篇类似幻想小说的文字"。再如徐志钧评《新世纪万有文库》暨《道教徒的诗人李白及其痛苦》，在二〇〇一年《文汇读书周报》上撰文《痛苦的李白》，批评此书错字太多。

报纸上还会记载一些难忘的事情，例如，一九九五年《沈阳日报》等多家报纸报道，七月十二日北方图书城开业，辽宁教育出版社在那里举行《书趣文丛》第一辑毛边签名本拍卖会，丛书定价九十七元，起拍价一百五十元，最终以六百元成交。行家认为拍低了，最低价应该高于一千元。其实何止呢？这套书作者有施蛰存、金克木、谷林、唐振常、辛丰年、董乐山、金耀基、朱维铮、施康强、扬之水，如今有八位先生已离世，亲笔签字再难得到。再如，二〇〇一年九月十七日新华社《今日新闻》消息：辽宁教育出版社推出《百年摄影经典》，《国家地理杂志》系列图书首次进入中国。还有，辽宁教育出版社在报纸上刊登图书广告，我集藏很多，其中丰富的广告词已经成为一些出版专业研究生论文的研究题目。

其二，关于写作，上世纪八十年代初，我大学毕业后，就开始在科技报上试着写科普小品文。九十年代，又在《沈阳日报》等报纸上，不定期撰写书评、随笔。一九九五年《光明日报》书评版为我开了一个专栏，邀约写八篇文章。我自拟题目《蓬蒿人书语》，这是我从事专栏写作的开端。后来我在多家报纸上开过专栏，对我文化生活的引领与塑造起到重要的作用，也留下许多难忘且有趣的记忆：

一是我出版的个人随笔集有十几本，它们的题目几乎都是专栏的题目。如《人书情未了》是《中国图书报》的专栏题目，《蓬蒿人书语》是《光明日报》的专栏题目，《这一代的书香》是《中华读书报》的专栏题目，《书香故人来》是《辽宁日报》的专栏题目，《可爱的文化人》《我读故我在》《书后的故事》是《深圳商报》的专栏题目。也有更换的题目，如《新闻出版报》专栏《晓群书人》，结集出版时改为《前辈》；《辽宁日报》专栏《常识辞典》，结集出版时改为《阅读的常识》。还有一些未用或待用的专栏题目，如《书与人》《编辑的故事》《两半斋笔记》《月旦人物》《开卷》《低头思故乡》。

二是不能善终的专栏，原因不同。有的是因为内容，如《光明日报》后来又约我写八篇专栏文章，编辑命题曰《快语》，要求文章有棱角，针砭时弊。我写了《总编辑的理念》《选书的迷茫》《书以类聚》《不懂的价值》等，大约写到第七篇，我的题目是《重复别裁》，提出"重复出版"也不都是坏事，结果没发出去，专栏也停掉了。有的是因为时势变迁，如前些年在《深圳商报》上写《六十杂忆》专栏，写到四十篇时，编辑通知我"还是写读书生活吧"，专栏题目改为《书后的故事》，又写到几十篇后搁笔。

其三，关于媒体的记忆，现在有了互联网的普及，有了智能手机的介入，有了各种网络媒体的传递，纸媒似乎已失去了必要的生存空间。但我始终认为，相对于纸媒的文化属性而言，载体的变化，不能简单称其为文化进步，最多是部分的替代或表达的丰富。而且这种变化，使我们失去了许多传统媒介固有的、不可替代的东西。在我的集报中，有些文字的表达形式，依然保留着百余年报业文化传统的痕迹，它们始终充满活力，充满新鲜感，彰显着报人与纸媒的魅力。这些传统是什么呢？此事一言难尽，也不是本文论说的重点。且让我们从下面的故事中感受一些体会吧：

二〇〇三年沈昌文寄给我一份《新京报》，上面贴着一张便条："北京新办的报纸。这是创刊号。文化版上有我的消息。沈。"那里有一篇整版的文章——《沈昌文：我忏悔我的"不美"》。

二〇〇五年十月六日，《南方周末》用三个整版讨论"科举废止百年"，文章有《激辩八股文》《科举废止前后》《发问，为了和谐的内心》。另外，我集存的还有该报二〇〇六年十一月三十日《作协年谱》，还有很多有趣的专题文章。

二〇〇五年十月十七日巴金去世，《文汇读书周报》

二十一日用六个整版报道《高洁的灵魂在星空闪耀》，还有杨苡的文章《Adieu！敬爱的先生！》Adieu是法语，"永别了"的意思。文章结尾处杨先生写道："我的眼前呈现了这样掷地有声的誓言——我的爱，我的感情不会在人间消失！"二十八日该报又用七个整版报道《数千读者"悲怆"送别巴金先生》，还有黄裳的文章《伤逝——怀念巴金老人》。

二〇〇六年二月二十四日张中行去世，多家报纸主题悼念。《中华读书报》："世事如风文如山，斯人已驾鹤归去——书里书外张中行。"《南方周末》："张中行：新星诞生已八十。"《中国图书商报》："张中行：卷自都市柴门的老旋风。"

集报中，还有许多散在的文章让人久久记忆：王学典《〈古史辨〉第一册出版八十周年感言》、马勇《当代中国学术史上的朱维铮》、王学泰《不要盲目崇拜〈四库全书〉》、肖伊绯《二十四史的前世今生》、黄延复《陈寅恪先生怎样读自己的名字》……

经典不厌百回读

本文题目，取自宋代苏轼《送安惇秀才失解西归》中的名句："旧书不厌百回读，熟读深思子自知。"后人注释，或将"旧书"解为"古书"，意为先辈不朽的文字，历经时光洗礼，依然让人爱不释手，反复阅读，那自然就是经典了。再说对"不厌百回读"的理解，苏轼讲求熟读深思，冷暖自知。进一步追问：面对林林总总的经典，我们究竟要反复阅读什么？有说：读原文，读注释，读各种版本；读文字，读学问，读人情世故。人各有志，言人人殊。近来我面对书房中的旧书或曰经典，主要在做三件事情：一是总结收存经验，二是做一些延伸阅读，三是找寻出版的商机。这三件事情思考起来，操作起来，都很有趣，也有学问。

先说其一。我这段时间整理书房，古今中外经典都在清点之列。所谓清点，无非是掸去尘灰，修补残页，找寻缺本。

首先是为旧书拂尘，我是用微湿的毛巾，拿起一本本书轻轻拭拂，口中自嘲："时时勤拂拭，莫使染尘埃。"旧书清理的难度，与材料的使用有关：纸面平装书，最实用且相对耐用。塑料覆膜的封面，会因静电吸满灰尘，但可以擦去；无勒口的覆膜封面会卷起来，还会起层。合成仿皮的材料，时间久了会一块块脱落，极为难看。布面材料很好，但要存放在阴凉处，避免阳光照射。上好的漆布封面，品质经久不变，翻阅时不易损坏，最适合枕边书、工具书使用。顶级的封面材料，一定是真皮了，它是超级经典著作的专属。但真皮书材料成本高，制作工艺复杂，收存温湿度都有一定的要求。再者，真皮书需要配置翻盖式的书盒，最好在书架上平放。

其次是修补破损的书，前些年我读烂了一套平装十册本《史记》，找手工师傅修补，她说："纸张太差，再动就碎了，还是重买一套吧。"这让我想起许多年前，藏书家韦力向我推荐一个关于纸张研究的出版选题，他谈到两件事情，让我至今记忆犹新：一是用未脱酸的纸张制作的书与创作的绘画，一定不要收藏，因为用不了几十年，就会自然碎掉。二是韦力先生自己收存一些"古纸"，品质独具，经久不坏，很值得收藏与研究。这也是我第一次知道"古纸"的概念。

最后是找寻缺本，我几十年存书，发现一件糗事：一些多册的套书，第一册最易缺失。比如我的《大美百科全书》三十册本，第一册就不见了。还有河北教育出版社《历代笔记小说集成》，第一卷《汉魏六朝笔记小说》一册、第二卷《唐代笔记小说》两册，都没有了踪影。还有辽宁教育出版社的《顾毓琇全集》第一册，也是丢了一段时间，最后在别处的书堆中找了回来。再有人民文学出版社一九八五年版三册本的《金瓶梅词话》，上册不见了。哪儿去了呢？是自己看过没放回，还是被人顺走没送回？发生此类事情，好像是读书人的通病。比如藏书家王强整理书房时，有一次与我闲聊，他抱怨说某套大书的第一册不见了，一定是他抽取出来随身阅读，后来不知放到何处了。怎么办？实在找不到，我会到旧书网上淘一本补上。例如中华书局一九八二年版八册本的《苏轼诗集》，不知何故缺失了第二册，我只好补买一本，收到后发现版次不对，封面不同，只好再买一本补上。

再说其二。所谓延伸阅读，无非是做一点儿自我存书的研究，由此引出一些有趣、有用的想法。

单说四大名著的版本，我最早读的《红楼梦》是父亲的一套线装本。如今父亲不在了，那部书还存放在他的书房中。我现在存有人民文学出版社一九五七年四册本的《红楼梦》，一九八二年三册本的《红楼梦》；辽宁人民出版社二〇〇五年三册本的冯其庸《瓜饭楼重校评批红楼梦》；岳麓书社二〇〇六年二册本的《红楼梦》等。另外还有人民文学出版社一九五五年三册本的《西游记》，一九七五年三册本的《水浒传》；上海人民出版社一九七五年三册本的《水浒传》；上海古籍出版社一九八〇年两册本的《三国志通俗演义》等。

想到十年前，我在上海一家旧书店闲逛，买到那套上海人民出版社的《水浒传》，看上去脏兮兮的，纸张也不好，但封面材料极好，黑色皮面（可能是仿皮或漆布）精装，用湿毛巾一擦，完好如新。封面上没有印字，当初应该有书衣。扉页上印有名人语录，即鲁迅《三闲集·流氓的变迁》中语："一部《水浒》，说得很分明：因为不反天子，所以大军一到，便受招安，替国家打别的强盗——不'替天行道'的强盗去了。终于是奴才。"

有趣的是，我还在有意无意之间，存有一些四大名著的续书，例如，春风文艺出版社的《红楼续书选》，即《红楼复梦》《红楼梦补》《红楼幻梦》《后红楼梦》《海续红楼梦》《秦续红楼梦》；凤凰出版社的《水浒后传》；中国经济出版社的《后水浒传》；春风文艺出版社的《续西游记》等。此中版本或有珍稀本，例如，春风文艺出版社一九八六年版的《续西游记》，鲁迅《中国小说史略》说："又有《续西游记》，未见。"郑振铎《一九三三年的古籍发见》说："《续西游》则极为罕睹。我求之数年未获。"郑先生曾得到一部，又丢失了。上世纪八十年代，人们才发现几个《续西游记》藏本，得以重印。

还有《水浒后传》，颇为当世名家看重。且说上世纪二十年代，上海亚东图书馆汪原放提议，出版标点本古代小说，受到陈独秀、胡适等人的赞扬与支持。他们出版的第一部《水浒传》选金圣叹七十回本为底本，胡适、陈独秀等都写了序言，出版后大受欢迎，为此亚东图书馆接着出版《水浒传续集》。此书为《征四寇》与《水浒后传》合并而成，胡适作序。先讲《征四寇》，选自一百一十五回本《水浒传》第六十六回以后，内容比较完善，且与《水浒后传》故事接续。《征四寇》自身的文学性也很有价值，文中写法"自不是俗手之笔"。再说《水浒后传》，署名"古宋遗民著，雁宕山樵评"，实为明末清初陈忱手笔。书中人物，除了几位后一辈少年英雄之外，都是前传里剩余的梁山泊好汉。领袖是混江龙李俊。他在前传中，与童威、童猛离开了宋江，变卖家财，造一艘大船，开出太仓港，入海到外国去了。后来李俊做了暹罗国国王，童威等俱做官人。陈忱以这段故事为背景，展开《水浒后传》的写作。清人俞樾说《水浒后传》为陈忱的游戏之作，胡适却说它是一部泄愤之书，因为作者陈忱实为明末遗民，绝意不仕清朝，《水浒后传》"乃是很沉痛地寄托他亡国之思，种族之感的书"。胡适还赞扬陈忱的文字之美，他在亚东图书馆版《水浒传续集》序文中写道：《水浒后传》中"这一大段文章，真当得'哀艳'二字的评语！古来多少历史小说，无此好文章；古来写亡国之痛的，无此好文章；古来写皇帝末路的，无此好文章！"

最后说其三。讲到出版商机，我一生从事书业，最喜欢走"冷中求热"的路子。也就是说，从别人屡见不鲜或视而不见的项目中找出与众不同的商机。

再以四大名著为例，如今各种版本充斥市场，似乎没有了出版空间。但三年前我去拜访钟叔河，向老人家请教：当下还有什么经典著作可以操作？他说："为什么不做古典小说呢？《红楼梦》等书的袖珍本或曰巾箱本，市面上还是见不到好的本子。"他还提到上世纪初，上海亚东图书馆汪原放等人开创"标点本古典名著"出版的故事。

此后几年中，我按照钟先生的思路翻检书目，见到上世纪九十年代，钟先生曾组织出版的"亚东本古典小说"十六种。书前有他一九九四年写的序言，其中谈道，一九九三年钟先生去北京开会，王子野约他聊天。早年王先生曾经在亚东图书馆工作过，他说："现在印古典小说很多，但都是辗转重印，走二三十年代上海滩上一折八扣的路子；那时候，只有亚东图书馆印小说是严肃认真的。"当时亚东得到陈独秀、胡适的支持，但陈独秀不要钱，他们是为了新文化运动，为了推广白话文，才帮助亚东做事的。胡适是这套书不挂名的主编，他不但亲自选取书目、版本，还为《水浒传》《红楼梦》《西游记》《醒世姻缘传》等写了考证文章，为《三国演义》《儿女英雄传》《三侠五义》等写了序言。对此，钟先生感叹："时事有代谢，往来成古今。……我想，我们不能忘恩负义，不能不珍重前人留下的一切值得珍重的东西，不能只追求眼前的这个效益那个效益，不能不尽可能做一点儿自己真正该做的事。"

打开文化的门窗

一九八一年《读书》杂志第十二期,发表钟叔河文章《"中国本身拥有力量……"——编辑〈走向世界丛书〉的一点体会》。钱锺书读后大为赞赏,主动邀请钟叔河来京时到家中做客,还鼓励钟先生将文章结集出版,他愿意为之作序。后来杨绛写信给钟叔河说:"他(钱锺书)生平主动愿为作序者,唯先生一人耳。"

一九八五年,钟叔河著作《走向世界》在中华书局出版,他在后记中说,适逢中华书局李侃路过长沙,李先生建议将此稿收入中华书局《中华近代文化史丛书》,还写了推介文章。钟先生接受了李侃的建议,却"失诺于北京三联书店,在这里向范用、戴文葆、沈昌文、秦人路诸君致歉"。此为题外话。

钱锺书兑现前诺,为《走向世界》作序,全文有一千余字。他赞扬钟叔河"眼光普照,察看欧、美以及日本文化在中国的全面影响……找到了极有价值而久被湮没的著

作……给研究者以便利,这是很大的劳绩"。此外,序文中有两段内容,让我记忆:

一是钱锺书的才子气,他谈到自己早年用英文写过关于清末我国引进西洋文学的片段,经常涉猎那些游记、旅行记、漫游日录等。但以往自己对这一类"稀罕而不名贵的冷门东西"视野很窄,只局限于文学研读。加上一些出洋游历者强充内行或吹捧自我,像康有为《欧洲十一国游记》、王芝《海客日谭》等,往往无稽失实,应了英国的老话,所谓旅行者享有凭空编造的特权(the traveller's leave to lie),远来的和尚会念经。

二是钱锺书俗中见雅的文字风格,他写道:"在我们日常生活里,有时大开着门和窗;有时只开了或半开了窗,却关上门;有时门和窗都紧闭,只留下门窗缝或钥匙孔透些儿气。门窗洞开,难保屋子里的老弱不伤风着凉;门窗牢闭,又怕屋子里人多,会气闷窒息;门窗半开半掩,也许在效果上反而像男女'搞对象'的半推半就。谈论历史过程,是否可以打这种庸俗粗浅的比方,我不知道。"怎么不可以呢?这也是钱锺书一贯的文风。如上世纪九十年代,《文汇读书周报》陆灏写信向钱锺书夫妇约稿,钱先生回信说:你"具有如此文才,却不自己写作,而为他人作嫁,只忙碌于编辑,索稿校稿,大似美妇人不自己生男育女，而充当接生婆（旧日所谓"稳婆"）"。

由此言归正传，钱锺书写道："中国'走向世界'，也可以说是'世界走向中国'；咱们开门走出去，正由于外面有人推门，敲门，撞门，甚至破门跳窗进来。"文字通俗明白，道理已经很清楚了。

此时，我的思绪也回到现实中，回到我的书房，认真翻检书架上的存书：我的手上有哪些"中国走向世界"或"世界走向中国"的著作值得推介呢？有很多，本文择要例说几部：

其一，方豪《中西交通史》上下册，上海人民出版社。方豪早年自学成才。上世纪二十年代，他曾与陈垣、张星烺、向达、张维华、张荫麟、白寿彝、郑鹤声、罗香林、李俨、岑仲勉等人往来。一九四一年受聘为浙江大学史地系教授，抗战胜利后在北京辅仁大学任教，后来在台湾大学历史系任教。学术界对方豪评价很高，如他去世时，苏雪林在悼念文章中写道：方豪的离去，"宗教界、学术界一颗巨星又收敛了它的光芒，顿觉天宇沉沉，一片漆黑"。韩琦在《中西交通史》后记中写道："方豪全靠自学成才，发表的文章数量之多，涉及面之广，学术价值之高，可谓是前无古人，恐后人也难以逾越。"再有《季羡林说国学》一书中提到许多名人论中国文化的著作，如歌德《歌德谈话录》、汤因比《历史研究》《展望二十一世纪——汤因比与池田大作对话录》、陈寅恪《金明馆丛稿二编》《王观堂先生挽词并序》、周一良《中日文化关系史论》、冯友兰《中国哲学史》、方豪《中西交通史》等。其中许多论断发人深省，如汤因比论秦始皇与刘邦统一中国的不同之处，阅后颇有振聋发聩之感。而季羡林摘引最多的观点和资料，恰恰来源于方豪的一些著作。

其二，钟叔河《走向世界丛书》《走向世界丛书续编》，前者三十五种，后者六十五种，附录四种，岳麓书社出版。这套书的出版，历经一个漫长的过程。一九八一年，钟先生在湖南人民出版社工作，他开始出版《走向世界丛书》的第一部——林鍼《西海纪游草》。此后三年中，接续出版二十种。一九八四年，钟先生去岳麓书社工作，他将这套书带过去继续出版，至一九八六年，合计推出三十五种。到了二〇〇八年，钟先生发现市面上有人翻印《走向世界丛书》中的部分著作，因此向出版社提议，应该及时修订重印这套大书，最终合订成十大册重印出版。此时钟先生的手中，尚有此套丛书计划中的六十余种未能出版。直到二〇一六年，经多方努力，才将《走向世界丛书续编》推出。此时距第一种书面市，已经过去三十余年。今日评价，钟先生几乎凭一己之力，为中外文化交流展现了一个视角，树立了一座丰碑。

其三，《西方早期汉学经典译丛》《当代海外汉学名著译丛》《海外汉学研究丛书》，大象出版社出版，主编任继愈，执行主编张西平、耿昇。这套书我存有三十余册，将它们与钟叔河《走向世界丛书》比较，正如钱锺书所喻，中国恰如一座打开门窗的屋子，《走向世界丛书》书中的那些人是走出房间，观望世界；而这三套书中的人是走入房间，观察中国。两者合璧，即成中外文化交流的两个侧面。任继愈在总序中说："回溯历史，中外文化交流共有五次高潮。"第一次在汉朝，公元前一世纪左右，开通了丝绸之路；第二次在唐朝，七至八世纪；第三次在明朝，十四至十五世纪；第四次在清末鸦片战争前后，十九世纪；第五次在五四运动前后，二十世纪到现在。这三套书从二〇〇〇年代陆续出版，其中好看的书极多，名著如莱布尼茨《中国近事——为了照亮我们这个时代的历史》，名人传记如《马礼逊——在华传教士的先驱》，有趣的书如《中国图说》，让人惊奇的书如《中国的犹太人》等。这套书貌似太学术、太深奥，其实不然，只是著译者的背景、视角、思维、政治、文字等表现出的差异，使之不像中国人自己的著作那样易于亲近，往往让泛读者望而却步。

其四,《中国印象——世界名人论中国文化》上下册,广西师范大学出版社出版。此书再版,又将副题中的"世界名人"改为"外国名人"。书中有利玛窦、维科、孟德斯鸠、康德、黑格尔、罗素等许多外国名人论述中国文化的言论。其实早在一九九一年,湖北人民出版社曾出版此书,书名为《世界名人论中国文化》。初版时王建辉送我一部,后来找不到了,只好又买一部。再后来见到广西师大版本,又买一部。某时因工作之需,推荐给小编们阅读,至今还未归还。我写此文急用,只好又买一部。就这样前后买了四五部。此书为清华大学思想文化研究所编,何兆武、柳卸林主编,他们不辞辛苦,出手编选译注名家文章,保证了全书品质上乘,大异于坊间篡抄之辈。只是广西师范大学出版社二〇〇一年版很有趣,他们在书后附录中,放入一篇张中行读后记《它山之石,可以攻玉》,文章很短,文字一如既往,生花妙笔,绕来绕去。比如他说:"人生之理在辨是非好坏。如今女士的鞋,尖头而跟高,说好,可以求助于美学,说不好,可以求助于实用主义,结果必是各是其所是,各非其所非。大德不逾闲,小德出入可也。"如此笔法可归于钱锺书一派,只是一个由深入浅,一个由浅入深。

其五,《斯坦因中国探险手记》四卷,春风文艺出版社。作者奥雷尔·斯坦因是犹太人，一八六二年出生于匈牙利，后入英国籍。他曾经四次到中国新疆及河西地区探险，"第四次因中国学术界的抵制与反对而夭折"。巫新华主持翻译，书中内容取自斯坦因《沙埋契丹废墟记》。这是一部奇书，除了书中内容的神奇，还附带着许多神奇的判断，比如对斯坦因历史地位的评价，他究竟是一位伟大的探险家、考古学家，还是一个震惊世界的文物偷盗者？抑或兼二者于一身？再如此书序言，转用孟凡人为《沙埋契丹废墟记》中译本所写的序，副题为"斯坦因探险的性质与如何看待其著作问题"，实为一篇檄文。当然阅读此书时，我们还会想到余秋雨《文化苦旅》中的文章《道士塔》，以及王道士的故事。

三张书桌的故事

我记得三十几岁时,有一次与几位朋友聊天。谈到未来的生活理想,我说:"我希望未来自己能有一个书房,里面摆满我喜爱的书。还要摆上三张桌子,一张用于编辑工作,一张用于撰写随笔,一张用于学术研究。"

其实这样的人生理想,并不是我个人的杜撰,见贤思齐,叶圣陶有三张书桌:教书,写作,编辑。前者有他纯真的爱,中者是他的业余爱好,后者是他第一位的身份。陈原有三张书桌:出版,散文,语言学。前者是他的职业,中者是他的闲情逸致,后者是他身处困境时读书思考的一点儿收获。黄永玉有三张书桌:绘画,写作,木刻。前者丰富了他的生活,中者为他带来精神的快乐,后者是他的看家本领。人生短暂,我们需要汲取前辈的生活经验与智慧,沿着他们的道路走下去。

转眼之间,几十年过去了,我的年龄也奔七十了。书房有了,满架的书有了,好书不是很多,但很有亲近感。

三张书桌也有了，每张书桌上都摆放着我难忘的书，它们包含着满满的回忆。

第一张桌子，我的出版职业。我身处这个行业四十多年，编辑过很多书，如今还在努力探索。比如经典图书的出版，为它们选择上好的皮装、漆布装、脱酸纸等材料，选择上好的版本、译本、插图，让湮没无闻的绝版书获得再生，创造中外好书的升级版，为旧经典修残补缺、重新装帧，等等。再如回顾百年中国出版，许多书的背后，都隐藏着丰富的故事。我们努力将它们整理出来，重新包装上市，告慰前贤，唤醒读者的热情。近期的产品，有亚东版"中国古代名著系列"，第一本是《红楼梦》。我们的做法是根据文化史、书籍史知识提出选题，根据版权、版本知识策划好书。这的确是一件很难做的事情，好在此类老书的背后，站着那么多响当当的人物：胡适、蔡元培、陈独秀、汪孟邹、汪原放。他们的思想与创造，可以说是出版暨文化传播的更高境界；与那些幼稚的商业案例比较，有些是不可比，有些是专业与业余的区别。参照先辈的方法做事，我们既可以解放思想，开阔视野，发现新的图书门类，还可以节约生命成本，不搞投机，不走错路，做有意义的事情。那么，在这张书桌面前端坐，除了个人喜爱与追求，还有哪些记忆呢？此时我想到几位前辈的观点：

一是什么样的人适合做出版呢？其实不必想得那么高大上，用陈原的话说："书迷而已。"再用贺圣遂的话说："一个好的银行家未必能当好出版公司的CEO，但如果那位银行家还爱书，还是一位读书懂书的行家，那就另当别论了。"

二是高雅与低俗的图书，哪一个更容易操作呢？沈昌文说："当然是前者啦。高雅的书曲高和寡，似乎不易做好，其实操作起来有章可循。低俗的书貌似容易做，其实做起来很难。为什么？首先是门槛太低，什么人都敢上手，最终形成恶性竞争；其次是社会管理严格，操作风险极大；再次是高雅的东西有上限，低俗的东西却是没有底线的，你低他比你更低，实为一条不归路，走下去不但挣不到钱，最终还会丢尽脸面，为读者所不齿。"

三是如何对待经济效益差的好书呢？办法很多，此处再说一遍张元济的故事：张先生主持商务印书馆时，主张"多出高尚的书，略牺牲商业主义"。实操中有些书必须赚钱，有些书持平即可，有些书可以适当亏本。比如戊戌年六月光绪召见康有为、张元济，他们是六品官员，此前皇帝只见四品以上官员。交谈中光绪对张元济说："外交事关重要，翻译必须讲求。"此观点深为张先生认同。后来他进入商务印书馆，格外重视译介西方著作，他为此确定译著"不必赚钱，但求不亏本"的原则，推出大批好的翻译作品，成为我国近现代"西学东渐"首屈一指的人物。

第二张桌子，随笔或曰散文写作。我喜欢此类写作，写过一些专栏，还出版过多本小书。有此爱好，除了本人的性格、家庭的影响等因素之外，还有三个原因：

一是表达方式的选择。说到个人思想的公众化，大体有两个主要途径，一个是说，一个是写。相对而言，我更喜欢后者。为什么？因为说的难度较大，风险也很大，且存留不易；还有言多语失、信口开河等观念的影响，常让人望而却步。更客观的评价，说的过程压力较大，写的过程比较平缓。尤其是随着年龄的增长，人们争强好胜、争名逐利的念头日渐减弱，人生有限、来日苦短的情绪不断增强，追求心态平和，追求安静独处，追求身体健康，越来越在我心中占据了主导地位。此时，言说的兴趣逐渐退去，写作的优势逐渐显露出来。当然，写也要追求自然流露，追求真情实感，不能太功利，不能说假话，不能无病呻吟，不能幻想一蹴而就。

二是出版职业的需求。回顾前辈的工作经验，他们中的优秀人物几乎没有不动笔的，只是动笔的方式不同。例如陈原是语言学家，又是一位出版理论家，他写随笔分两个方向：一个是写与词语研究相关的小书，如《在语词的密林里》《重返语词的密林》《遨游辞书奇境》等，都与他的专业背景有关，最让小编们受益；另一个是写有关出版史、书籍史的小书，如《书林漫步》《书和人和我》等，写此类文章，陈原始终坚持书与人的两条主线。再加上他读书多，文字优美、幽默、机智，故而成为出版界一位标志性的人物。

还有，出版界有一个传统，那就是编辑擅长写序，尤其是为自己编的书写序。有名的人物如：张元济《涉园序跋集录》，收序跋二百篇；王云五《岫庐序跋集编》，收序跋二百四十余篇；沈昌文《阁楼人语》，内容是《读书》杂志的编后记，也是沈先生最好的一本著作；钟叔河《走向世界》，内容是《走向世界丛书》总序，以及丛书中每本书的序言，堪称当代出版界最有学问的序跋集了。

三是撰写文体的追求。出版人写作，有所谓高下之分，或称圈内与出圈之别。圈内限于简介、书评、演讲稿一类，有宣传、摘抄、广告之功能，称为应用文体，难入正宗文学创作的阵营。一个出版人能否兼称为作家的一个重要判断，是看他的写作能否"身处职业中，跳出职业外"。比如《读书》杂志，它在创刊之初就声称"本刊以书为主题，但不是书评杂志"。那是什么呢？标志性的文本是《读书文丛》《书趣文丛》，它们的内容都源于《读书》，写文章的人都是写散文的高手，他们的笔法很值得我们学习。再延续下去还有《万象》杂志，主旨"文人八卦"，刊载的都是极好的文学作品。

第三张桌子，用于学术研究。说到"学术"二字，我的认识有一个变化的过程。大学毕业后，我选择投身出版行业，不久就有了钱锺书《围城》中描述的"城里城外"矛盾心理，总觉得学术研究高高在上，离开大学校园，很有些不舍或走低的感觉。所以内心中时常告诫自己，不要放弃大学学过的专业知识，工作之余，还要努力研究点儿什么。怎样研究呢？

一是我平生喜欢独处，不愿争论，不愿入伙，用今天时髦的话说，属于独狼型的性格。选择研究领域，一直希望能找到一个地广人稀的去处，静静读书，静静思考，独自玩耍。其实数学中的无人区很多，但我无力涉足。最终我有了一个预设的定位：选一个五四运动以来备受冷落的，主流专家们不屑的，大学未设学科的项目来研究。后来就有了《五行志》研究的选定。

二是在研究的过程中，我由数学而科普，由科普而数学史、科学史，逐渐走向读经读史、文理互融的境地。再由数而数术，由数术而自然哲学，最终陷入二十五史《五行志》领域不能自拔，且兴趣渐增。近些年我发现，人们对学术的看法有了变化，觉得学术不再那么高尚、不再那么让人崇拜了。为什么？我不想解释，只是我积几十年业余时间，埋头研究的东西，它们是否学术，是否高贵，是否有价值？此时在我的心中，都不那么重要了，重要的是我弄懂弄通了它们，重要的是我丰富了自己的思想和语言，更重要的是总有懂学术的专家，看懂了我的研究，或曰听懂了我诉说的价值，找到了我不知道、他们知道的文化定位。他们是谁呢？就是周山、江晓原等学者。江先生在《五行志随笔》序言中，称我所描述的"是古人头脑中的一个世界图像，今人未知的东西，不可轻言对错"。这样的评价，使我的心海中泛起一点儿波澜，但很快又归于平静。

劝君惜取老年时

本文题目，引自唐代无名氏《金缕衣》中的名句："劝君莫惜金缕衣，劝君惜取少年时。"只是我以"老年"替换"少年"，想来不禁暗笑，审视此时的心态，似乎落入"老夫聊发少年狂"的窠臼？其实不然。写此文，最初的题目是"老年生活的乐趣"，试图讲述一个人步入老年之后的文化故事，诸如阅读、写作、习字、绘画、收藏云云。动笔时适逢惊蛰日，清晨阳光和煦，乍暖还寒，不觉触景生情，才有了一点儿浪漫的思绪。

看到这里，可能有人会说，现实中的老年生活，往往存在着很大的变数。老年人伴随着社会身份的边缘化，身体的日渐衰弱，晚年的生活节奏不断地发生着变化，已经大不同于年轻的时候了。此时一味奢谈乐趣，似乎还有"诗与远方"的味道，就有些自娱自乐、自我安慰的嫌疑了。是啊，我作为已老之人，深知生老病死是自然规律，不可抗拒，但我们也不必面对老年的某些困境，产生过于悲观的情绪。其实就整体人生而言，即使以时间计算，老年阶段也占比很高，许多老人的生活内容丰富，品质高尚，不然孔子何以说六七十岁是耳顺、从心所欲、不逾矩的年龄呢？

正是基于这样的一些思考，我想把老年人的文化生活，划分为准备、步入、走出三个阶段，分别谈一点儿想法：

首先是进入老年之前，一般需要做好三个准备。一是思想的准备。年轻时我们过于喜爱群体性的社会活动，每天早出晚归，家只是一个休憩的场所。到了老年，家变成了你的生活中心，此时我们做事情，无论业余或专业，都要尽量选择一些自己能够把控的事情去做。我的首选，是阅读与写作。深一层思考，我们需要追求一种独立的生活方式，追求行为的个性化、个人化。它会使你在自觉与不自觉中，平静地对抗世俗社会的围困与干扰。顺带强调一下，我的阅读是以纸质书阅读为主，网络阅读为辅；我的写作是在职业创作中电子化，休闲写作中纸质化；我的输入法是电脑用拼音，手机用手写。我这样做，也有各自行为的思考，例如后者：我坚持用手写输入法的目的，是可以避免在传统书写时提笔忘字的发生。二是阅读场所的准备。所谓阅读三件套：网络、图书馆、书房。其实在网络阅读中，有一个更重要、更专业的空间，那就是旧书网。中国有亚洲最大的旧书网，它们是民营经济与市场经济的产物。那里有三个"不可想象"：书多而全得不可想象，购书方便得不可想象，有些好书便宜得不可想象。再进一步说，它还有帮助你查找资料的功能，一些冷僻无闻的书，一些未及重印的书，只要你输入关键词，都会有人帮助你寻找它们，帮助你复印再现。比如我写小书《如烟的往事》时，找到并复印了几种《鲍氏家谱》；写作《五行志丛考》时，找到并复印了《南朝佛寺志》等许多古代书籍。有些店家还会几次打电话跟你确认："此书你真的需要吗？还缺什么？"那认真的态度，经常让我赞叹。三是知识的准备。它应该是在没有跨入老年生活之前，甚至在少年时期就开始了。总体而言，此事大体有战略性存储与技术性训练两种，前者说的是阅读、笔记、选择方向：阅读会给你带来图书的私藏，笔记会丰富你的知识记忆，选择方向会让你对某件事情更为专注，最终成为专家或一专多能。后者说的是一些基本技能的早期学习，比如绘画、练字、学写文章，这些事情都需要长期的培养与积累，甚至要练童子功，它会让你一生受益。到老年展示才艺时，你才不会附庸风雅，或者陷入种种"老人体"的尴尬。抑或回望来时路，我们见到一群年轻人欢快地行走着，转眼之间几十年过去了，到了老年，再看一看这群同行者，谁字写得好，谁文章写得好，谁绘画画得好，谁学问搞得好，都已经不言自明了。这里面有天赋的作用，有环境的作用，但都很有限，更多的是有心、用心、积累、坚持，更多的是选择了正确的方向。另外，还有三个要素需要强调：一是师承，二是做人，三是辛劳。

其次是进入老年后，未来的生活大体可以分为三个阶段。记得一位老年医学专家对我说：一般说来，一个人六十岁退休之后，他的体力与精力可以分为三个阶段，一是从六十到七十岁，堪称一个人的黄金时期，此时他的头脑清楚，思维敏捷，身体健壮，经验丰富，读写能力依旧，身心状态与在职时没有明显的区别。二是从七十到八十岁，堪称一个人的白银时期，此时他的头脑依然清楚，读写能力依然保持，但精力逐渐不济，体力开始走下坡路，年轻时身体基础好的与差的人，此时开始出现两极分化的现象。三是从八十到九十岁，堪称一个人的青铜时期，此时他的思想高超，经验独到，但他的精神状态如变化无常的天空，不会总是晴空万里了，或好风好雨，或时阴时晴，体力衰减导致精力不足，求胜与求生之间，发生着生理意义上的转换。

此时我想到两位被我尊称为导师的老人，他们一位是有九十二岁高寿的王云五，一位是有九十岁高寿的沈昌文。说到他们八九十岁年龄段的故事，前者是从书中读到的，后者是我亲眼所见。王先生身形矮小，身体健壮，主张"文明其精神，野蛮其体魄"，一生没有动过手术，没有进过医院，不抽烟但爱酒。他七十六岁辞去社会职务，退居家中，只做台湾商务印书馆董事长，每天写四千字，用三年时间完成三百万字回忆录，从中抽取部分内容，出版近百万字的《岫庐八十自述》。八十到九十岁，他接着《岫庐八十自述》写《岫庐最近十年自述》。到九十岁时，他发现不会再有十年了，于是将书名改为《岫庐最后十年自述》。当时记者采访，问及王先生身体状况变化时，他说："与从前比较，更容易疲劳，日常读写两个小时之后，就要小睡一下，再起来做事。"记者感叹："一个那样充满活力的老人，还是抵不住岁月的折磨。此时我望着窗外，天快要黑了。"

再说沈昌文的一段故事：当年沈先生是写文章的快手，为《读书》杂志写编后记时，经常是在付印前一挥而就。但八十岁以后，他的文章越写越慢、越写越短了。记得沈先生八十八岁时，为我的一本小书写序，讲了一件事情却张冠李戴。我们知道，沈先生是大编辑出身，当年他的文稿是绝对不可能发生此类事情的。当时我与沈先生的另一位弟子商量怎么办，他红着眼眶说："别改了，八十八岁师父的错，也算是一种纪念吧。"再后来我的小书《书后的故事》出版，我请沈先生赐序。老人家去世前几个月告诉我："序写好了，过几天交给你。"但我一直没收到，后来在他的电脑中也没有找到。

最后是一个人走出老年，进入晚年，可以有三点提示：一是在这里，我将老年与晚年划分开来。此说缘于张中行的一段故事：众所周知，张先生老年时文章写得极好，一时暴得大名。后来当老人家卧病时，有人前来问候，说道："您现在还能写文章吗？"张先生说："写不动了，我已经度过了老年。"由此进入晚年。二是我觉得，一个老人是否还能够阅读与写作，是他老年与晚年的一个分水岭。杨绛年近百岁时，为钟叔河的《念楼学短》作序，她写道："老人腕弱，要提笔写序，一支笔是有千钧重啊！"由此可以体会到，老年人写作之难，不亲身经历是无法想象的。三是面对晚年的老人，晚辈们若有机会，尽量与他们多聊聊吧，否则老人家一旦驾鹤西去，他头脑中的故事会沉入生命的黑洞之中，失去记忆，永无再现的可能。记得几十年前，我曾经请林祥主编《世纪老人的话》，请宋远策划《茗边老话》，每套书都出版过几十册，走的正是请前辈口述历史、记录历史的路子。现在这些老人家大多已经离开了这个世界,书中的内容也显得愈发珍贵。再想到我的父亲,他百岁逝去,如今已经过去十三年了。每当想起他老人家,我们说得最多的一句话,竟然是:"那件事情,当年为什么没有问一问老爸呢?"

书房的格局

不知何时起,"格局"成了一个热词,时常被人们挂在嘴上。略作分析,这个词含义颇多:或为态势,如《金瓶梅》二十九回,描述术士吴神仙的本事,有诗句曰:"审格局,决一世之荣枯;观气色,定行年之休咎。"或为识见,如《红楼梦》四十八回,林黛玉与香菱说诗。香菱说:"我只爱陆放翁的诗'重帘不卷留香久,古砚微凹聚墨多',说的真有趣。"黛玉说:"断不可学这样的诗。你们因为不知诗,所以见了这浅近的就爱。一入了这个格局,再学不出来的。你只听我说,你若真心要学,我这里有《王摩诘全集》,你且把他的五言律读一百首……"或为款式,如鲁迅《孔乙己》开篇写道:"鲁镇的酒店的格局,是和别处不同的……"

进一步思考,格局又有高低、深浅、大小之分,上面吴神仙审视人间兴衰,讲的是推断水平的高低;林黛玉评价诗品,讲的是陆游的诗目光浅近,王维的诗意境深远。

有趣的是,今人瓜饭楼主批注时写道:"此类诗,格局小,思路仄,确不可多学。"不经意间,忽略了深浅的评说,却转入大小的模式。我这样说,似乎有些吹毛求疵,但深浅与大小还是有区别的。

本文讲格局,意在探讨一下书房的调性与款式。此时在我的观念中,作为一个私人书房,"格"是书的风格,"局"是书的布局。当然也可以借题发挥,转用上面的概念说事儿,谈一谈书房的调性,以及它的规模大小、结构深浅、品类布局。

先说书房的调性,我觉得有两个基础需要建立:一是书房的名号,再一是书房的主题。

名号讲求名正言顺,还要有点儿寓意。比如我的书房,有一个很直白的名字:两半斋。它缘于多年以来,我的书一半放在家里,一半放在公司。二〇二四年我的小书《两半斋续笔》出版,王强赐序,他对"两半斋"做了一个解读,使书房的名字高雅起来,似乎有了思想的深度。他写道:"为根除思想认识的蒙蔽所必然导致的祸患,荀子开出了他的药方——'无欲无恶,无始无终,无近无远,无博无浅,无古无今,兼陈万物而中县衡焉。'不执着于任何片面而分辨事物,经由广泛的分析、比较和综合,悬立判定是非的标准,然后如实全面地把握事物及事物间的关系。……晓群兄的'两半斋',不正借助于他的一篇篇随笔,实践着'一半无欲、一半无恶,一半无始、一半无终,一半无近、一半无远,一半无博、一半无浅,一半无古、一半无今'这一调理认识偏颇的'处方'。"

书房的主题收藏,也就是说,在你众多的藏品中,哪一个或哪几个门类,最能代表你书房的调性呢?一般说来,每一个读书人的书房中,或多或少,都会有所谓的"镇宅之物",这也是深入了解他的知识结构以及个人兴趣的一个重要视角。至于此物何来呢?或传承,或购买,或积存。我的主题收藏,来源于长期研究诸史《五行志》时的好书收集。其原因有四:一是此门学科知识偏冷,人迹稀少,容易发现罕见的版本。二是我的研究时间漫长,边做边学,始终如一,几十年买书、买资料,日积月累,所存自然很多。三是我的方法还是遵循人与书的两条主线,书则古今互照、拾遗补缺,人则核定姓氏、爬梳源流。如今回望,聚集相关书籍数百册,整理相关名字数千人。四是我落笔时有一个原则:一定要找到纸书的记载,为此不断发现书目,不断购买旧书与资料。还有更重要的一条:我平生做事好钻牛角尖,常年阅读中,恨不能飞向远古的营垒,深入历史的精髓。对此门类的存书,说它们代表着书房的调性,大概不会有错吧。

再说书房的大小，它取决于一个人的能力与偏好，大小由之。此处小的书房不说了，大的书房之主人可以列出两位：

一位是韦力，他是收藏家、作家、学问家，在当代中国私人书房中，韦力的芷兰斋最有名气。他积年收藏中国古籍至为专业，锲而不舍，名满天下，实为翘楚。他北京的一处书房，我曾经与陆灏等人前去观赏、交流，希望能够得到韦力的支持，从中选出一些好的本子出版。见到他满架摆放的好书，我不太懂，也不敢随意碰触。只记得韦力打开一个书盒，其中放着一本小小的宋版书，看上去颜色灰暗，貌不惊人，却言极其珍贵。同行者戴上手套，轻轻拿起来，小心观看，我只是伫立旁观，没有伸手。

另一位是王强，他将会有新著《思想的邮差》出版，我为之作序，其中写道："王强一生爱书、藏书，存放书籍的地方大约有三处，两处在海外，一处在北京。单说北京，他一九八〇年从内蒙古包头考入北京大学西语系读书，毕业后留校任教，十余年间存书最多。一九九〇年代初，王强赴美国学习工作，临行前将自己的藏书全部散掉了。一九九六年，王强回国参与创建新东方，又开始重操旧爱，近三十年间，购书从未间断。"近些年，王强将散放在北京各处的存书，集合到一处存放，命名曰"草鹭居",冯统一题对联写道:"到处草泽树影,相逢鹭侣鸥朋。"草鹭居中存书七万到十万册,王强称其为"阅读书房",空闲时在那里读书、写文章。我在工作中查找资料,没少前去翻阅欣赏,书架上好书目不暇接,让我受益匪浅。

接着说书房的深浅,此说似乎有些新鲜,一个书房的深度应该如何界定呢?首要是看书房主人的品位与学问,此事为老生常谈,众生都懂,本文不再赘言。我觉得还有两个要素需要考虑:一是私密性,一是珍贵性。一般来说,对于外界而言,私密的东西是未知的,它未必值钱;珍贵的东西是已知的,它的价值大多有过市场的评估。私密性是对个人而言,珍贵性是对公众而言。

对于私密性,作为一个读书人,书房是他生命的一部分,总会有些深藏不露、秘不示人的东西存放其中,那是什么?往往只有他自己知道。有人戏言"一入书房深似海",个人书房毕竟是私人领地,私密才使他的书房有趣味、有神秘感。至于那些他人未知的东西,最终将归于何处呢?卖掉?捐掉?送掉?毁掉?更是未来的故事或传说了,现在不会有人说得清楚。我接触过的一些老先生,他们闲来无事,思虑万千,常常会开始准备"后事"。其中一件重要的工作,就是处理私藏的书籍与资料。此类操作，大多是在书房中完成的：可以留传的东西，抓紧时间嘱托晚辈，或送给需要的人；不希望被别人见到的东西，抓紧时间处理，避免身后招惹是非。凡此种种，说起来让人心酸，但面对一天天变老的状态，又有什么办法呢？

对于珍贵性，它代表着书房的另一个维度。俗话说："家有千两金，外有万杆秤。"深知与浅知，都成了相对的概念。有作家描述，如果一位收藏家即将售卖他的珍藏，或者他溘然离世，后人要处理其藏品时，外面的猎头会像鹰隼一样立于枝头，随时准备着扑下来求购。实言之，我的书房深度有学术性，但缺乏私密性与珍贵性，不过工作之便，见过许多收藏家的珍品，知道他们未来的愿望。这些藏家也知道我喜欢写作，所以时常会告诫我，千万不要急于把他们的故事写出来。

最后说书房的布局，人生经历不同，书房的布局也各有不同。单说我的书房，其实是一个书库，它处于房子的斜顶中，举架高矮不均，不小心经常会碰头。虽然面上的格局不行，但书架上图书的布局还是很丰富的。为什么？因为我的终生职业是出版，身份是编辑，又称杂家，其实我更主张自称杂人，也就是打杂的人，读书杂的人，做事情杂七杂八的人，故而书架上的分类也会很复杂。写《两半斋笔记》专栏时，许多文章都是按照图书类别写的，诸如全集、书话、工具书、文学、传记、诗歌等。也有还没写过的图书类别，比如出版类的图书，我积累不少，名人名著很多，但内容比较专门化，自觉不会引起更多人的兴趣，所以一直未讲述它们的故事。它们的摆放貌似混乱，实则有一些线索蕴含其中。比如我内心中奉为导师的七个人：张元济、王云五、胡适、陈原、范用、沈昌文、钟叔河，我收有他们的三套全集，三套自传，五套传记，两套日记，三套书信集，还有一套《走向世界丛书》。再如一套《中国出版家丛书》，与我的小书《前辈》有些关联，我还写了其中一册《中国出版家·王云五》。

古今书装谈

作为出版人,我一直对书装特别感兴趣。它不但包括封面设计,还包括书籍的装订、开本的选择、材料的使用、内页的装点,等等。当然本文谈论的内容,重点不在技术层面,而在书装的文化意义上,说一些书后的故事。诸如:这本书为何平装,那本书为何精装?这本书为何小开本,那本书为何大开本?这本书的作者何德何能,要用皮面装帧,那本书为什么不用?

当代书籍装帧历史悠久,形式丰富而复杂,有平装、简装、精装、特装、线装、软精装、真皮装、手工装、裸脊装等。我从业出版四十几年,涉足业务不少,又喜欢标新立异、怀旧创新,因此上面提到的装帧形式,除了裸脊装,其余的形式我几乎都做过。为什么不做裸脊装?是我的审美观念有问题。

那么,我为什么如此重视书装呢?回忆怎些年的组稿经历,出版人为吸引一流作者,采用什么手段呢?正常情况下，无非是从出版品牌、稿酬标准、生产速度、营销力度、销售数量等方面入手，说服作者把书稿交给你。当这些优势都没有或需要锦上添花的时候，你该怎么办？由此我想到从书装上突破，提高服务质量，做更漂亮的书，以此来竞争作者的版权。组稿时，我经常会对作者说："把您的书稿交给我吧，我们会不惜成本，精心制作各种款式的书装。您喜欢什么样的装帧呢？"听到这样的表白，作者们的回答会很不相同：有人认为把书做得漂亮是对作者、读者的尊重，可以丰富我们的阅读生活；有人认为书是用来读的，不是摆设，没有必要做得那么漂亮；有人会感谢出版人的诚意与辛劳；有人表示坚决不做，觉得你会拿他的作品或名誉赚钱；等等。言人人殊。具体是哪些人，又怎么表达的呢？我从自己的工作日志中，列举几段记载：

葛兆光说："我不关心书装，只关心内容。"他表现出一种学识自信。黄永玉说："我的文字书，一定要廉价平装，让更多的读者买得起。"他是在关照普罗大众的阅读生活。一些翻译家如杨武能、柳鸣九、李玉民、李家真等，他们喜欢著译的皮装定制款，那是对一种文化与艺术门类的认同。冯骥才喜欢漂亮的装帧，他是站在艺术品的角度看待精致的书装。冷冰川、周晨追求纯粹的艺术装帧，亲力亲为。董桥喜欢各种漂亮的书，他表现的是一种风度，一种生活格调，比如他的一本新著出版，他会请出版商专门制作一些精装本，用来赠送亲朋好友。如果精装本送光了，他只好送平装本，还会在签赠中致歉。止庵喜欢定制款特装书，喜欢皮装书，他说在日本见到过专门的门店，销售一些名家名人的定制签名本。我还在止庵的书房中见到他存有的皮装编号定制版《竹久梦二漫画全集》九卷。陈子善是版本控，我们制作的版本越多越复杂，他就越高兴，越觉得好玩儿，甚至封面换一种颜色，他也希望收全。陆灏每四年出版一本小书，他会亲自选封面图案，亲自选材料、选颜色、选花色、选开本、选不同的装帧门类，坚持自己的调性。韦力的艺术鉴赏横跨中西两界，见多识广，他不太在意我们的装帧细节，更在意出书的数量与效率，在意自己滔滔不绝的学术表达。许渊冲将他的二十七卷《许渊冲文集》交给我出版时，只提了一个条件，希望能为他的著作装订一本小牛皮装帧的书。王强对西书装帧的认识最专业，我们前些年做的特装书中，他最赞赏的是皮装版《书蠹牛津销夏记》，他亲自拍摄几千幅书影，亲自参与该书的设计生产。最初没有厂家能够达到设计要求，他去求助雅昌的资深设计师，希望他们全力配合，最终按照设计标准把书做了出来。后来王强拜会董桥时，当面奉上一本《书蠹牛津销夏记》。董桥反复翻看，颇为赞赏，转头对当时还在香港牛津大学出版社做总编辑的林道群说："我的书，也应该是这样装帧吧？"

由上可见，作者对于书装的态度五花八门。他们的观点没有高下、对错之分，却有个人的好恶融入其中，更多的是一个文化认知的问题，也有文化传承的问题。比如真皮书的装帧，在许多族群的文化中，已经有了几百年甚至更长的历史，留下许多优秀的传统及有趣的故事。上世纪初，泰坦尼克号沉入大西洋，船上有一本号称世界上最豪华、最昂贵的书，就是英国人桑格斯基制作的真皮装帧的《鲁拜集》。人们为什么如此下血本装饰它呢？它为什么如此昂贵呢？这当然产生于书与书装的美妙结合。如果那仅仅是一个装帧豪华的白纸本，人们就不会如此经久不忘了。一般说来，人们的装帧行为是与他的文化认知分不开的。据谢尔《启蒙与出版》一书记载，十八世纪大卫·休谟出版他的著作《随笔和论文集》，当时他最大的愿望就是能够出版一个真皮制作的版本。后来《随笔和论文集》四开本红色摩洛哥羊皮装帧的版本面世。一七七六年三月，詹姆斯·包斯威尔在牛津彭布罗克学院的威廉·亚当斯图书馆中看到此书的皮装版本，他在日记《不祥之年》中记录了自己当时惊愕的情绪：一个异教徒作家不应该享有这样的待遇，这种教养和尊敬的标志是属于上流社会学术辩论的对手的。谢尔说："如果亚当斯图书馆拥有的是十二开本平装版本的《随笔和论文集》，包斯威尔对此可能就不会那么在意了。"

在上面的故事中，谢尔除了谈到休谟的愿望，以及包斯威尔的态度，还提到书装中两个重要的传统：一是封面使用摩洛哥羊皮装帧，而且是红色的。谢尔说，那是一种特别优质的皮革，也是最昂贵的书装材料之一，通常被染成红色，有时也有绿色、蓝色、黑色。二是书籍采用的开本，他提到四开本与十二开本，它们的文化含义大有不同。本文简述一下十八世纪的欧洲，人们对于书籍开本的文化观念。一般说来，当时的书籍有对开本、四开本、八开本、十二开本的区分。一本书稿准备出版，作者及出版商会如何选择开本呢？

初版本：第一次上市的新书，它们对于开本的选择有若干种。对开本：一种特大号的笨重的版式，通常只有参考书或者法律、医学和美术的新颖作品才使用。四开本：它是一种特殊地位的标志，"它是供给富人和有学问的人的大尺寸的书"，并且它在商业上也有可行性，因此成为爱好虚荣的作者们的追求。历史学、政治经济学、诗歌，尤其是史诗，四开本的书比较常见。八开本：宗教类的书。其地位的象征意义比四开本要低很多,"有教养的读者对此区别非常敏感"。正如一七九一年威廉·罗伯逊在出版一部历史著作时,他在给一位书商的信中写道:"我不能不顾四开本著作的尊严,而堕落到八开本著作的行列中去。"还有一位勋爵的妻子说:"我无法想象,八开本的书可以匹配历史学的尊贵。"十二开本:小说一般是以小开本甚至袖珍本形式出版的。还有哲学书,以及一些学生用的教科书。十九世纪以后,口袋书、畅销书、娱乐书流行,小开本才有了新的天地。

重印本:初版本的对开本、四开本销售之后,重印时经常会减小开本,采用八开本、十二开本,旨在降低成本,增加销量,防止盗版,吸引更多的读者。卡姆斯勋爵的《人类历史纲要》初版时,如果不用四开本印刷,他会认为受到了侮辱。但两年之后,他督促尽快推出八开本,因为他担心盗版书的出现。当然也有人反其道而行之,十八世纪末詹姆斯·包斯威尔重印《塞缪尔·约翰逊传》时,试图将两册四开本改装为单册对开本,他的朋友说:"那还不如把它扔到泰晤士河中去,现在没有人会读对开本的。"

最后说两个有趣的出版名词:一是幽灵版,英文是 ghost edition,也译为影子版,它是作者及出版商为了欺骗读者，制造畅销书假象，在版次上作假，将第一版没卖掉的书改装成第二版；或者从第一版直接跳到第三版，第二版没印，就成了幽灵版。比如书籍史学者发现，理查德森的《莎士比亚的一些戏剧性角色的哲学分析与阐释》出版过第一、二、四版，却从未出版过第三版。二是类文本，福柯在《作者是什么》中讲述了文本的意义，但还有一个问题需要补充，那就是类文本的概念。热奈特在《类文本：理解入门》中说，类文本包括标题和副标题、笔名、前言、题献、卷首语、序言、小标题、注释、跋、后记，还有图标即插图、素材封面、印刷样式、版式、事实即作者信息等。它们对于一本书的成功与否，常常有着决定性的意义。

古代书人的故事

我的读书路径，无非是按照两条主线行走：一条是书，一条是人。书是一种静态或曰固态的存在，它们的表现相对稳定，比较容易把握；人却是一种动态或曰液态的存在，研究起来比较复杂。进一步解析，这里的人专指与书相关的人，或称书人，既可能是读书、爱书的人，也可能是毁书、禁书的人。在社会的各个阶层中，都可以见到书人的身影。几十年来，我以书人为视角，记录了许多故事。直至花甲之年，不敢说耳顺或从心所欲，与从前比较，我阅世的识见多有变化，但是那些难忘的古代书人，依然常驻心中，久久铭记。

先说最让人喜爱的古代书人，首推汉代刘德。说明一下，这位刘德不是那位刘向的父亲刘德，而是汉景帝的儿子河间献王刘德，汉武帝的异母兄长。在那个时代，刘德藏书最多，版本极好，数量和质量都超过当时的朝廷。汉武帝号召全民献书时，刘德奉献最多，民间有"献书王"之誉。刘德不但藏书，还从事学术研究，建立起规模宏大的日华宫，请儒学名家前来讲学，供儒生们居住。日华宫专用的砖石上，都刻着"君子"二字。据一九二四年鲁迅日记记载，他曾购买过君子砖。鉴于刘德对儒学典籍整理的贡献，刘向称他为"一代儒宗"。我还敬佩刘德不媚上的品德，他的弟弟刘彻登基十年，他一直未曾入京面圣。但不知什么原因，第十一年刘德进京了。他献上一些好书，还与汉武帝对坐，讨论治国之道。刘德主张复兴儒学，仁义治国，言谈滔滔不绝，没有穷尽，听得汉武帝面色渐变。随即，汉武帝转而对刘德说："商汤以七十里之地立国，周文王以百里之地立国，你也努力吧。"听到这样的话，刘德明白了武帝的意思。回到封地后，刘德开始饮酒作乐，不久就死了。

汉代的读书人，让人难忘者还有几位，他们都有绝世才华，结局却如刘德，都不太好。一是司马迁，他的撰著《史记》为史家之绝唱，自己却因言获罪，遭受腐刑。二是班固，他早年接续父业撰写《汉书》，却以私作国史罪名入狱，后来得以解脱；六十一岁又因窦宪案入狱身死，《汉书》也由妹妹班昭续完。三是董仲舒，他是一代大儒，有《春秋繁露》名传后世，以"天人三策"致儒学独尊天下。他还化儒学为儒术，推阴阳，言灾异，知兴衰，著有《灾异之记》，后来被人引用，皇帝称书中有攻击朝廷的内容，而董的弟子吕步舒不知道是老师的著作，一路追究，致使董仲舒入狱，因皇帝赦免才逃过一死，从此董仲舒再不敢妄言灾异。四是刘安，他好读书，善写文章，撰著《淮南子》满篇珠玑，千古流传。汉武帝给他写信，也会让司马相如等人读后再发。后来刘安因篡逆罪被抄家身亡，但《神仙传》称刘安没有自杀，而是随仙人八公白日飞升，家中鸡犬也随之而去。闻此事武帝不禁叹息："我要是能像刘安那样成仙，天下在我的眼里也就是脱掉的靴子啊。"五是刘向、刘歆父子，著书立说，都是大宗师级的人物。父子传承，在天禄阁校书，成千古佳话。至今刘向后人自称"黎阁刘氏"，源于一段传说：夜晚一位黄衣老人拄青藜杖走进天禄阁，看见刘向坐在暗处背书，老人吹燃手杖的顶端，借着光亮，向他传授五行洪范的故事。再说父子二人的不幸，刘向早年见到家中有《枕中鸿宝苑秘书》，那是刘向的父亲查抄刘安家时带回来的。书中有记铸金、长生之法，刘向把它献给汉宣帝，没想到方法不灵，刘向险些被处死刑。刘歆的学问超过父亲，有"汉朝智囊，笔墨渊海"之誉，但刘歆的人品却有争议，如晋傅玄言："向才学俗而志忠，歆才学通而行邪。"后来王莽篡汉，刘歆做了新朝的国师，不久又试图谋反，失败后自杀

古代书人的故事　　217

身亡。

再说最令人惊奇的书香人家，首推南北朝时萧梁皇室一族：一是开国皇帝梁武帝萧衍，他布衣素食，不近酒色，"少而笃学，洞达儒玄。虽万机多务，犹卷不辍手，燃烛侧光，常至戊夜。……每至冬月，四更竟，即敕把烛看事，执笔触寒，手为皴裂"。二是萧衍的儿子昭明太子萧统，编撰《昭明文选》流芳后世。史载萧统"生而聪睿，三岁受《孝经》《论语》，五岁遍读五经，悉能讽诵。……太子美姿貌，善举止。读书数行并下，过目皆忆。每游宴祖道，赋诗至十数韵。或命作剧韵赋之，皆属思便成，无所点易"。三是简文帝萧纲，"幼而敏睿，识悟过人，六岁便属文，高祖惊其早就，弗之信也，乃于御前面试，辞采甚美。高祖叹曰：此子，吾家之东阿。……读书十行俱下。九流百氏，经目必记；篇章辞赋，操笔立成。博综儒书，善言玄理"。四是萧纲的儿子哀太子萧大器，也是一位书痴。侯景废黜太宗萧纲，派人去杀太子，见到萧大器还在读《老子》。军士想用衣带勒死太子，太子面色不变，还告诉军士说，衣带勒不死我，还是用系帐杆的绳子吧。五是萧衍第七子梁元帝萧绎，他"聪悟俊朗，天才英发。年五岁，高祖问：汝读何书？对曰：能诵《曲礼》。高祖曰：汝试言之。即诵上篇，左右莫不惊叹"。萧绎初生时患眼病，盲一目，"性爱书籍，既患目，多不自执卷，置读书左右，番次上直，昼夜为常，略无休已，虽睡，卷犹不释。五人各伺一更，恒致达晓。常眠熟大鼾，左右有睡，读失次第，或偷卷度纸。帝必惊觉，更令追读，加以榎楚。虽戎略殷凑，机务繁多，军书羽檄，文章诏诰，点毫便就，殆不游手。常曰：我韬于文士，愧于武夫。论者以为得言"。后来萧绎被北魏军队围困城中，身边众臣劝他投降，萧绎"乃聚图书十余万卷尽烧之"，成为人类焚书史上的一项世界纪录。《南史》讽刺他："口诵六经，心通百氏，有仲尼之学，有公旦之才，适足以益其骄矜，增其祸患，何补金陵之覆没，何救江陵之灭亡哉！"

还有两位让人敬重的书人，一是宋代朱熹，他有一代大儒之称。身为宋代人，却被列在孔子文庙十二哲之中，其他十一位可都是孔子的亲传弟子。朱熹又是一位伟大的教育家，循循善诱，为学生建立读书的方法与信心。钱穆《学籥》赞道："朱子教人读书法，其实人人尽能，真是平易，而其陈义之深美，却可使人终身研玩不尽，即做人道理亦然，最美好处，亦总在最平易处也。"朱熹读书座右铭曰："敛身正坐，缓视微吟，虚心涵泳，切己体察，宽着期限，紧着课程。研精覃思，以究其所难知；平心易气，以听其自得。"二是明代冯班，他与兄长冯舒才华出众，有"海虞二冯"之称。冯班学问未见登峰造极，但品评世事的眼光颇有见地。他说："宁近小人，不近愚人，因为小人作恶可以预防，且无利而不为；愚人作恶出人意料，抑或损人而不利己，无法戒备。"他还说："家有千金，不如一技在身。一技足以养生。"他还说："太平时做错事有救，乱世一失足便送了性命。"他还说："不要教授子弟做刻薄之事，否则他一时无处发挥，就会对父母下手。"他还说："习气相染，师不如友。所以择友要家风淳厚、喜好读书，市井轻薄之人最不可近。"他还说："未有不自爱而能爱人者，君子有时损己以益人，只从自爱处推出。"冯班的兄长冯舒性情耿直，四十几岁被人陷害死在狱中。冯班总结原因："常人爱犬而畏虎，冯舒却好虎而恶犬，临难时无人相救。"

还有一位让我爱慕之人，即明代山人陈继儒。《明史·隐逸传》共收录十二位隐逸之士，收录标准为"至少拒绝国家征聘一次者"，如倪瓒、沈周等，其中只有两位山人入选，即陈继儒、孙一元。陈继儒佳作、佳话最多，《四库全书》收录三十余种，如《珍珠船》《销夏》《读书十六观》等。

最后想到几位负面的古代书人，其实此类记载，多为纸上人物，未必是那些古人的真貌。名字只是符号，故事多为传说，信史权作依托。但故事的编撰，人性的剖析，却有后世鉴戒的意义。一是秦相李斯，他整治与他同类的书人，逼他们把家中的书交出来烧毁，不然会施以黥刑，即在脸上刺字，然后去城门前扫地，再不然就是将他们坑杀。李斯身为书人，深知同类手无缚鸡之力；他也深知书的力量，具有可以改变人生的作用。二是阿谀逢迎之徒，宋代的蔡京、秦桧即是。他们不仅会三呼万岁、感激涕零，还会讲出愚弄权贵的道理。蔡京见到红鱼游出，他也会乞付史馆，拜表贺；见到河中捞出一只两首龟，他立刻赞道："此齐小白所谓'象罔'，见之而霸者也。"无独有偶，天上出现日食、彗星，或飘雪、沙尘，秦桧都会说是吉兆；他见到树上"天下太平"的刻字，便授意太史上表庆贺。如此行径，最为肉麻，让人不齿。

从钱基博说开去

我在《古代书人的故事》中谈到，明代以前让人喜爱或目力所及的书人，有刘德、刘安、司马迁、班固、萧梁皇族、朱熹、冯班等十余位。那么明代以降，还有哪些书人值得我们记忆呢？

近读《钱基博集》之《国学必读》，钱先生以"文学通论""国故概论"为题，选取历代好文章，推荐后学研读。宋代以前，他只选了三个人的文章：魏文帝曹丕之《典论·论文》、南朝梁昭明太子萧统之《文选序》、南朝梁简文帝萧纲之《与湘东王论文书》。南朝梁皇族就占到两位，吻合了我前文中提到的人物。再往下看，钱先生列出一个长长的撰著者名单，其中有些人物如顾炎武、曾国藩、梁启超、龚自珍、胡适、胡愈之、郑振铎、钱基博等，也在我拟写的书人名单之中。另外，钱先生在全书前面，还设有一个《作者录》，列出被选文章的作者，附言他们的个人简介、学识评价，还有选文目录。钱先生对每个人物的评价文字不是很长，抑或寥寥数语，却很有力度，很有见地。此中也包括他自己的文章目录，对自己的评价，言辞中肯恰当。

由此想到，本文撰写明代以降的书人，不妨从钱基博《作者录》中的那几位名家入手，讲一讲他们的书人故事，再读一读钱先生给出的推介文字。

其一，顾炎武，字宁人，号亭林。初名顾绛，后来因为敬仰文天祥的门生王炎午，改名顾炎武，又作炎午。明末，清军攻破昆山城时见人就杀，顾炎武两位嫡亲弟弟顾子曳、顾子武皆被杀害，生母何夫人被砍断右臂。清军攻破常熟，嗣母王氏绝食十五日而亡。逢此变故，顾炎武悲痛万分，此后一生不肯出仕清朝。顾炎武六十五岁时，大学士熊赐履邀请他协修《明史》，他决意不肯赴命，回复说："愿以一死谢公。"他还在《寄次耕时被荐在燕中》诗中写道："嗟我性难驯，穷老弥刚棱。孤迹似鸿冥，心尚防弋矰。或有金马客，问余可共登。为言顾彦先，惟办刀与绳。"清初吴龙锡赋诗赞道："终南山下草连天，种放犹惭古史笺。到底不曾书鹄板，江南惟有顾书年。"顾炎武一生著述丰富，有数十种著作存世，又以三大奇书《日知录》《天下郡国利病书》《肇域志》最为有名。他认为"礼义廉耻"之中，"耻"是最重要的，"故士大夫之无耻，是谓国耻"。

钱基博《国学必读》录顾炎武《日知录》论诗文十一则，篇名为《文须有益于天下》《文人摹仿之病》《文章繁简》《文人求古之病》《古人集中无冗复》《引古必用原文》《五经中多有用韵》等。对顾炎武其人，钱基博又写道："明亡，不仕；周游四方，载书自随。其学主博学有耻，敛华就实。凡国家典制，郡邑掌故，天文仪象，河漕兵农之属，莫不穷究原委。晚益笃志六经，精研考证。遂开清代朴学之风。"

其二，龚自珍，字璱人，号定盦，一作定庵。十二岁随外祖父段玉裁学《许氏说文部目》，十六岁读《四库提要》，二十八岁随刘逢禄学《公羊春秋》，三十三岁居丧期间研究佛学，四十八岁辞官安居昆山，作《己亥杂诗》。

钱基博《国学必读》录龚自珍《六经正名》《古史钩沉论二》。又写道：龚自珍"博学负才气，于经通《公羊春秋》，于史长西北舆地，晚尤好佛乘。其文导源周秦诸子，沉博奥衍，自成一家。同、光之间，所谓新学家者，大率人人皆经过崇拜龚氏之一时期云"。

其三，曾国藩，初名子诚，字伯涵，后自取号涤生，并在日记中写道："自今日起改号涤生。涤者，取涤其旧染之污也；生者，取明袁了凡之言：从前种种，譬如昨日死，以后种种，譬如今日生也。"考取进士入为翰林院庶吉士后，改名国藩。曾国藩相貌不佳，薛福成《庸盦笔记》称他"端坐注视，张爪乱须，似癞龙也"。但王闿运《湘绮楼日记》写道："吾尝怪其相法当刑死，而竟侯相，亦以此心耿耿，可对君父也。"此说颇为怪诞，曾国藩却在写给儿子纪泽、纪鸿的信中说："人之气质，由于天生，本难改变，惟读书则可变化气质。古之精相法者，并言读书可以变换骨相。……古称金丹换骨，余谓立志即丹也。"曾国藩著有《曾文正公全集》一百八十九卷。后人对其人及学问评价极高，如梁启超《曾文正公嘉言钞》称："曾文正者，岂惟近代，盖有史以来不一二睹之大人也已；岂惟我国，抑全世界不一二睹之大人也已。"

钱基博《国学必读》录曾国藩《复李眉生论古文家用字之法书》《复陈右铭太守书》《〈求阙斋日记〉论文九则》。又写道：曾国藩"论学谓义理、考据、词章三者，缺一不可。所为古文，师桐城姚氏义法，而运以汉赋瑰丽之气，厥为桐城之别子焉"。

其四，梁启超，字卓如，号任公、饮冰室主人等。十二岁中秀才，十七岁中举人，此后投康有为门下，在《三十自述》中写道："先生乃以大海潮音，作狮子吼。取其所挟持之数百年无用旧学更端驳诘，悉举而摧陷廓清之。自辰入见，及戌始退，冷水浇背，当头一棒。一旦失其故垒，惘惘然不知所从事，且惊且喜，且怨且艾，且疑且惧，与通甫联床竟夕不能寐。"梁启超留下一千多万字的文章，内容涉及政治与学术两界，评价其才学，堪称当世无双，如黄遵宪《致饮冰主人书》中说梁启超文字"惊心动魄，一字千金，人人笔下所无，却为人人意中所有，虽铁石人亦应感动。从古至今，文字之力之大，无过于此者矣"。

钱基博《国学必读》录梁启超文章《中学以上作文教学法》《治国学的两条大路》《五千年史势鸟瞰》《历史统计学》。又写道：梁启超"受公羊学于南海康有为，最为高第弟子。其始论学术，则自荀卿以下汉、唐、宋、明、清学者，掊击无完肤。而钻研之深，则亦以为国学之根柢极深厚，终有其不可磨灭者存。而于文章，夙不喜桐城派古文。幼年为文，学晚汉、魏晋，颇尚矜练；既而自解放，务为平易畅达，时杂以俚语韵语及外国语法，纵笔所至不检束，学者竞效之，号为新文体。老辈则痛恨，诋为野狐。然其文条理明晰，而富于情感，娓娓有致。中国政学维新之动机，要不得不归功于梁氏焉"。

其五，胡适，初名嗣穈，学名洪骍，后改名胡适，字适之。胡适一生著述丰厚，在文学、哲学、史学等诸多学术领域成就卓著。季羡林称赞道："胡适是个有深远影响的大人物，他是推动中国'文艺复兴'的中流砥柱。"

钱基博《国学必读》录胡适文章《文学改良刍议》《谈新诗》等七篇。又写道："绩溪胡氏，本以经学传家。而胡氏在美留学，兼治文学哲学，于西洋哲学史尤研究有得，授博士学位。归国，任北京大学教授。一面倡建设的文学革命之论，而以国语的文学，打倒桐城派古文之旧势力；一面又主张整理国故之议，以刷新国学之面目。其于中国学术界摧陷廓清之功，信不可没。惟其衡评国学，过重知识论；而功利之见太深，此其所短。"

其六，胡愈之，初名胡学愚。二十二岁开始以胡愈之为笔名发表文章，意在表现对胡适"适之"的进化论观点的不满。钱基博《国学必读》录愈之文章《文学批评其意义及方法》，又写道："愈之即胡愈之，商务印书馆编辑。"

其七，郑振铎，字警民，又字铎民。小名木官，补取"五行缺木"之义。钱基博《国学必读》录西谛文章《整理中国文学的提议》，又写道："西谛即郑振铎，商务印书馆编辑。"

其八，钱基博，字子泉，号潜庐、老泉。他在四十九岁时于《自传》中写道："基博论学，务为浩博无涯涘，诂经谭史，旁涉百家，抉摘利病，发其阃奥。自谓集部之学，海内罕对。子部钩稽，亦多匡发。而为文初年学《战国策》，喜纵横不拘绳墨。既而读曾文正书，乃泽之以扬马，字矜句练；又久而以为典重少姿致，叙事学陈寿，议论学苏轼，务为抑扬爽朗。所作论说、序跋、碑传、书牍，颇为世所诵称；碑传杂记，于三十年来民情国故，颇多征见，足备异日监戒。论说书牍，明融事理，而益以典雅古逈之辞出之，跌宕昭彰。序跋则以平生读书无一字滑过，故于学术文章得失利病，多抉心发奥之论。"

钱基博《国学必读》录自己的文章《我之中国文学的观察》等四篇。又自评写道："幼年为文学《战国策》，喜纵横不拘绳墨；既而泽之以汉魏，字矜句练。又久而以为厚重少姿致，叙事学陈寿，议论学苏轼，务为平易畅达。而论学则诂经谭史，旁涉百家，博学而无所成名。诋之者谓其博而不精，喜为附会，殆实录也。"自传与自评对照阅读，用词大同小异之处，颇为有趣。

沈昌文的签名本

近年来写书房生活，我经常会提到沈昌文的签名本。此事源于许多年前，沈先生清理自己的书房时，送给我一百多箱书。最近半年间，我为沈先生撰写年谱，将他的赠书一本本整理出来。在陆陆续续翻阅中，我发现里面有许多别人赠送的签名本。"许多"是多少呢？目前整理出来有二百余册不止：有签给沈昌文的书，有签给沈氏夫妇的书，有签给《读书》编辑部的书，有签给其他人的书。细心阅读这些书，可以知道许多有趣的故事。

先说不是单独签给沈先生的书，有很多本。比如签给他与夫人白大夫的书。白大夫是蒙八旗的后裔，早年毕业于中国医科大学，也就是沈阳那所医学院。白大夫认识很多文化官员、文化名人，不是靠沈先生，而是因她曾经在湖北咸宁向阳湖"五七干校"卫生所工作过。那里有太多的知名人士，像冰心、冯雪峰、沈从文、张光年、臧克家、萧乾、陈白尘、冯牧、郭小川、刘炳森、王世襄、周魏峙、罗哲文、金冲及、陈翰伯、王子野、刘杲、周汝昌、司徒慧敏，等等。白大夫为人极好，与他们结下了很深的友谊。沈昌文也在那里工作过，后来他们也是沈先生的工作人脉。所以，沈先生时常开玩笑说：我的作者都是白大夫的患者。名人们送书给白大夫或署上她的名字，也是自然的事情了。像屠岸《萱荫阁诗抄》、金春峰《冯友兰哲学生命历程》等，都是签给沈氏夫妇的；李季夫人赠送的《李季诗选》，是直接签给白大夫的。

再如签给《读书》编辑部的书也有几册，黄忠晶《风从两山间吹过》，张元《谈历史，话教学》，杨布生、彭定国《中国书院与传统文化》等。张元是台湾清华大学历史学教授，他题词写道："六年前写的小书，是给中学历史教师参考的，在 34、163、232 等页提到《读书》，希望台湾的历史教师也能知道有一份叫《读书》的刊物水准很高，非常精彩。当然，这得感谢昌文先生。张元敬呈　一九九九、一、卅一，寄自新竹。"

再说签赠给别人的书，也有很多本。比如签给沈先生小女儿沈双的书，有娜斯《想像舞蹈的马格利特》、黄昱宁《阴性阅读，阳性写作》。沈先生有两个女儿，大女儿随母亲学医，小女儿随父亲学文。早年沈先生请最好的老师给沈双辅导，她曾经跟许国璋学过英语。沈先生说那时生活拮据，只能在家里煮骨头汤犒劳老师。后来沈双考上北京大学西语系，毕业后出国深造，在国外大学教书，没能从事出版工作，但人文领域的朋友还是很多的。

别人的签赠本还有很多，比如金克木签给贾宝兰的《无文探隐》、周寄中签给迮卫的《批判与知识的增长》、姜德明签给徐淑卿的《姜德明书话》、吴兴文签给徐淑卿的《藏书票风景·收藏卷》、赵健伟签给于奇的《教育病》。沈先生的书架上出现这些签名本，原因很复杂，我却想到赵丽雅在《〈读书〉十年》中经常提到编辑部交换图书的故事，还会想到那段趣闻：吴彬在《读书》编辑部工作时，见到沈先生背着一个大书包走进来，她会笑着大喊："老沈来啦，都收好自己桌上的书。"时而错拿几册签名本，也不是什么怪事。

下面按照年代顺序，我将沈先生的一些签名本，简要开列出来：一九六二年沈先生自签《欧·亨利短篇小说选》；一九七九年杨静远签赠《哈丽特·塔布曼》；一九八〇年王庚虎签赠《高尔基论报刊》；一九八一年冯亦代签赠《八方集》，屠岸签赠《十四行诗集》；一九八三年彭柏山夫人朱微明签赠《战火中的书简》，仓修良签赠《中国古代史学史简编》；一九八四年杨静远签赠《勃朗宁姐妹研究》，柳鸣九签赠《巴黎散记》，舒谭签赠《万里烽火》，苏晨签赠《野芳集》；一九八六年屠岸签赠《萱荫阁诗抄》，王忠琪签赠《苏联七十年代中篇小说选》；一九八七年王宗炎签赠《英汉应用语言学词典》，周介人签赠《文学：观念的变革》；一九八八年陈鼓应签赠《存在主义》，李锐签赠《怀念廿篇》，唐湜签赠《遐思——诗与美》《月下乐章》；一九八九年吴岩签赠《泰戈尔抒情诗选》；一九九〇年胡其鼎签赠《铁皮鼓》，葛剑雄签赠《普天之下——统一分裂与中国政治》，史丰收签赠《史丰收速算法》，陈晓林签赠《学术巨人与理性困境》；一九九二年金克木签赠《文化猎疑》，陈万雄签赠《五四新文化的潮流》；一九九三年许明签赠《轻拂那新理性的风》，郑涌签赠《批判哲学与解释哲学》；一九九四年金发燊签赠《鸿鹄翱翔——弥尔顿和〈失乐园〉》；一九九五年姜广辉签赠《理学与中国文化》，张芝联签赠《约园著作选辑》；一九九六年邵东方签赠《论胡适、顾颉刚的崔述研究》；一九九七年丁鲁签赠《叶甫盖尼·奥涅金》，杨玉圣签赠《中国人的美国观》，黑马签赠《孽缘千里》《劳伦斯散文选》，王红旗签赠《宇宙的重构》；一九九八年王学泰签赠《燕谭集》，邓正来签赠《国家与社会》，范维信签赠《修道院纪事》；一九九九年丁伟志签赠《桑榆槐柳》，黄爱东西签赠《老广州：屐声帆影》；二〇〇〇年耿云志签赠《蓼草集》，李文俊签赠《福克纳评传》；二〇〇一年杨武能签赠《走近歌德》，易丽君、袁汉镕签赠《洪流》，康笑宇签赠《谈笑无期》，刘麟签赠刘季星译《果戈理散文选》；二〇〇二年马立诚签赠《木乃伊复活》，黑马签赠《心灵的故乡》；二〇〇三年耿云志签赠《西方民主在近代中国》；二〇〇五年胡企林签赠《书林拾叶》；二〇〇八年舒昌善签赠《蒙田》，潘石屹签赠《我用一生去寻找》，智效民签赠《六位教育家》；二〇一一年余世存签赠《非常道Ⅱ》，欣力签赠《八声甘州》，李世洞签赠《拾贝栽刺集》；二〇一二年古农签赠《闲话日记》；二〇一四年陈昕签赠《出版忆往》；二〇一五年李文俊签赠《西窗看花漫笔》，祝晓风签赠《读书无新闻》。

在这些签赠本的背后，有许多有趣的故事，本文略说几段：

先说刘麟签赠给沈昌文的刘季星译《果戈理散文选》，此书后记中说，他曾经在辽宁教育出版社出版过《戴灰眼镜的人——屠格涅夫散文集》。那本书出版于一九九八年，我还是责任编辑。刘季星在那本书的序言《窗外的风景》中感谢了几位帮助者：高莽、林海音、沈昌文等。其实《新世纪万有文库》外国文化书系的一大特色，就是收入许多俄罗斯文学著作，这也是总策划沈昌文的贡献。回到《果戈理散文选》，刘季星后记谈到此书的遭遇，诸如《与友人书简》被沙皇查禁，受到别林斯基的批判。陀思妥耶夫斯基也因宣读果戈理与别林斯基论战的信件，作为罪名之一被判处死刑。屠格涅夫不完全赞成《与友人书简》的内容，认为三分之二的信件可以删去，但他依然称果戈理是伟大的诗人、伟大的艺术家、伟大的人物，"即使我不同意他的见解，我仍然恭恭敬敬地对待他"（《戴灰眼镜的人》）。另外，别林斯基批判果戈理时，列夫·托尔斯泰刚刚走出大学校门。托尔斯泰在六十岁时第三次阅读《与友人书简》，他把果戈理比作十七世纪法国的帕斯卡尔，还在自己的出版社重印《与友人书简选》，改名为《果戈理，人生的导师》。

再说屠岸签赠给沈昌文、白大夫的两本诗集，他在《萱荫阁诗抄》后记中说："我的母亲在她的暮年曾指出我的诗'工力不够'。我在大学里学的是铁道管理，我没有系统地学过中国文学。"还有一九六二年屠岸译著的《十四行诗集》出版；一九六三年此书再版时，屠岸写了一篇一万多字的《译后记》，但因故未能出版。直到一九八〇年此书得以重印，卞之琳从家中取出保存了十五年的屠岸《译后记》，又从上海译文出版社取回保存十五年之久的译本修订稿，屠岸才能够将此书再次修订、再次出版。

还有冯亦代签赠的《八方集》，是哪"八方"呢？冯亦代、周汝昌、黄苗子、黄裳、潘际坰、吴泰昌、吴德铎、峻骧。

漫话"读书记"

我的书房中收存"读书记"不少，汇聚古今人物，大约有几十种。如《郑堂读书记》《澹生堂读书记》《桑园读书记》《义门读书记》《东塾读书记》《越缦堂读书记》《著砚楼读书记》《积微居读书记》《后东塾读书记》等，还有《听风楼读书记》《梦雨斋读书记》《来燕榭读书记》《耕堂读书记》《楷柿楼读书记》《闲闲书室读书记》《安园读书记》《春明读书记》《文园读书记》《暖石斋读书记》《江南读书记》《待雨轩读书记》《秋缘斋读书记》，等等。此类书的传统，大多以个人的雅号或书房的称谓命名，一眼望去，书香缥缈，个性十足，让人产生阅读的欲望。眼下旧书市场上，且不论古代珍本、善本，今人"读书记"初版本，以黄裳之《来燕榭读书记》、宋远之《楷柿楼读书记》价格较高。

再者，与"读书记"名字不同，但可归于此类的书，如《郡斋读书志》《直斋书录解题》《郘园读书志》《士礼居藏书题跋记》《慈云楼藏书志》《读书敏求记》《无邪堂答问》《百川书志》《古今书刻》《汲古阁书跋》《重辑渔洋书跋》《澹生堂藏书目》《仪顾堂书目题跋》，等等。

由此说到"读书记"的界定，它属于哪类书呢？前些天我与藏书家王强闲坐聊天，他问我最近在读什么闲书，我说："古今读书记。"他说："此类书归于目录学啊，我在北京书房中收藏许多，你可以去查看。其中有我喜欢的书，诸如《东塾读书记》《越缦堂读书记》等。"王强所言极是。我在阅读中，见到孙犁的文章《谈读书记》，也说出一致的观点："在古时，读书记，或藏书题跋，都属于目录学。目录之学，汉刘歆始著《七略》，至荀勖分为四部。唐以后把书籍分为经史子集，藏于四库。这样的分类法，一直相沿到清代。无论公私藏书，著录之时，都对书籍的内容，作者的身世，加以简单介绍，题于卷首或书尾，这就是所谓提要、题跋。把此等文字，辑为一书，就是我们现在谈的读书记了。"自古以来，此类书颇受读书人重视，如《四库全书总目》在评价陈振孙《直斋书录解题》时所言："古书之不传于今者，得籍是以求其崖略；其传于今者，得籍是以辨其真伪，核其异同。亦考证之所必资，不可废也。"

如上可见，古今作者写"读书记"，手握秃笔，心存古训，文章的主干，自然万变不离其宗。下面讲几段我在阅读之中与"读书记"相关的一些话题。

其一，读书记与书话，前者源远流长，后者推陈出新，两者追求大同小异。上面说过耕堂给出"读书记"定义，而"书话"的定义见于唐弢，他为书话定义了两次，第一次是一九六二年，他在《书话》一书中说："我曾竭力想把每段书话写成一篇独立的散文：有时是随笔，有时是札记，有时又带着一点絮语式的抒情。"第二次是一九七九年，他在《晦庵书话》一书中又说："书话的散文因素需要包括一点事实，一点掌故，一点观点，一点抒情的气息；它给人以知识，也给人以艺术的享受。"将读书记与书话的定义比较，两者的主旨，都在向读者介绍书籍的版本知识，但书话更强调文章之美。正如唐弢所言，他写书话，继承了中国传统藏书家题跋一类的文体。叶圣陶也曾对唐弢说："古书讲版本，你现在谈新书的版本，开拓了版本学的天地。"

不过在文章的分类上，许多作家、学问家是不分彼此的。比如冯亦代，一九七九年四月《读书》创刊，史枚约他为杂志写《海外书讯》。一九八五年，冯先生将一九八四年上半年之前的文章汇集起来，归入在三联书店出版的《书人书事》中。此后冯亦代还接着为《读书》

写《海外书讯》专栏。两年后浙江文艺出版社黄育海找到冯先生，指明要《海外书讯》后续的文章。冯先生接续《书人书事》，将专栏文章整理到一九八五年底，一九八七年由浙江文艺出版社出版《听风楼书话》。后来冯先生又在《读书》上开专栏《西书拾锦》，两年后编成《听风楼书话续》，一九八八年交浙江文艺出版社，但未能出版。一九九一年，应三联书店《读书文丛》之约，冯亦代将未结集出版的文章，请吴彬整理出来，命名为《听风楼读书记》，还请《读书》杂志三位女士吴彬、贾宝兰、赵丽雅联袂为之作序。显然冯先生在为他的集子命名时，并没有想得那么多，诸如"读书记"的旧义，以及它与"书话"的异同等。

其二，一九三〇年八月，钱基博著文写道，长夏无事，为子弟钱锺汉讲述陈澧《东塾读书记》，"时有申论，随记成册。其中有相发者，有相难者，每卷得如干事，尽四十五日之力讫事"。因为钱氏讲课的地点在住宅东偏房中，故称"后东塾"，整理讲稿称《后东塾读书记》。一九三三年，钱基博将此稿改名为《古籍举要》，在上海世界书局出版。此中有两件趣事略记：

一是文中谈到一位"相难者"，即钱锺书。一日傍晚，钱家人在庭中纳凉，钱基博说，朱一新《无邪堂答问》可以与陈澧《东塾读书记》配合阅读，"傥学者先读陈《记》，以端其向，继之《答问》以博其趣"。钱锺书接话说："若论识议阂通，文笔犀利，则陈《记》远不如《答问》。"钱基博说："不然。"接着大段讲解两者高下异同。听罢父亲的话，钱锺书回答："见朱生《佩弦斋文》，中有与康长素论学论书诸书，皆极锐发。"又说："朱生自诩'人称其经学，而不知吾史学远胜于经'。"听到钱锺书婉转回复，钱基博大为欣慰，不禁赞叹："闭户讲学，而有子弟能相送难，此亦吾生一乐。"

二是上面谈到，钱基博将《后东塾读书记》改为《古籍举要》，其实陈澧《东塾读书记》原名为《学思录》，陈氏自比顾炎武《日知录》，所谓"仆之为此书也，以拟《日知录》，足下所素知也"。后来为什么要改名呢？原来陈澧见到《宋元学案》录叶适（号水心居士）《习学记言》中说："由后世言之，祖习训故，浅陋相承者，学而不思之类也。穿穴性命，空虚自喜者，思而不学之类也。士不越此二途。"因此陈澧言道："我今不以'学思'名其书，庶不拾水心之牙慧也。"由此又想到《郑堂读书记》，源于清嘉庆年间，李筠嘉请周中孚（别字郑堂）为其编撰藏书志，书成后称《慈云楼藏书志》。后来郑堂"又以原稿稍加改写，编次为《郑堂读书记》。盖《藏书志》为其心力所萃，不欲主名终属李氏，故取而还诸己也"。

其三，今人整理、重印的读书记与书目题跋很多，如中华书局的《书目题跋丛书》、上海古籍出版社的《中国历代书目题跋丛书》等，还有中华书局的《清人书目题跋丛刊》十辑、《宋元明清书目题跋丛刊》十九册等。面对此类书，阅读者的取向各有不同。比如孙犁的文章《谈读书记》，罗列自己书房中对历代"读书记"的收藏，他的观点颇为有趣。

一是孙犁说，宋代晁公武《郡斋读书志》、陈振孙《直斋书录解题》为"读书记"鼻祖，必然收藏。相对而言，孙犁更看重晁氏的《郡斋读书志》，称其"因时代接近，记录的宋人著作，很是齐备，对作者的介绍，也翔实可信"。孙猛《郡斋读书志校证》前言中也说：由宋讫清，目录学中有解题而得以保存至今者，主要有四部，《郡斋读书志》《直斋书录解题》《玉海》《四库全书总目》，而后三种皆祖述或取资于《郡斋读书志》。

二是孙犁概评历代"读书记"："元、明两朝人，不认真读书，没有像样的读书记。"《义门读书记》寒舍不存，《东塾读书记》存而未详读之。最感兴趣的是黄丕烈《士礼居藏书题跋记》，黄氏"好像接触的不是书，而是红颜少女"。陆心源《仪顾堂书目题跋》读起来枯燥无味。《越缦堂读书记》作者李慈铭读书仔细认真，读的书也广泛，非只限于经史，杂书很多，但谈《红楼梦》还有些不好意思。《郑堂读书记》通读一遍，《鲁岩所学集》比较通俗易读，还存有叶德辉《郋园读书志》、邓之诚《桑园读书记》，等等。

其四，我的"读书记"记忆：一是我主持辽宁教育出版社《新世纪万有文库》时，收有读书记如《越缦堂读书记》六册，虞云国整理，《本书说明》中提到鲁迅对《越缦堂日记》的批评。还收有邓之诚《桑园读书记》一册，整理者是邓之诚的儿子邓瑞，《本书说明》中谈到柳叶（陆灏）约他点校《桑园读书记》《柳如是事辑》，还谈到陈寅恪《柳如是别传》的不足。二是辽宁教育出版社还曾出版《来燕榭读书记》两册，有精装、平装两种版本，没有前言和后记。读黄裳《我的书斋》，才知道他的书房还有几个名字。诸如《梦雨斋读书记》，"梦雨"语出李商隐"一春梦雨常飘瓦"。"梦雨斋"，由"笛王"许伯遒治印。还有"草草亭"，由陈巨来治印，另有"木雁斋"云云。

读书拾趣录

几十年忙忙碌碌，养成闲时读史的习惯。立下一个主题，把二十五史翻来倒去，择要查阅，引出许多其他门类的书目。如今回看自己记下的笔记，基于我之浅近所见，做一点儿横向的归类，理出几个颇为有趣的题目，略记如下：

重名：一是《述异记》，同名著作有两部。一为南朝齐祖冲之撰《述异记》，宋代佚失。再一为南朝梁任昉撰《述异记》，最早见于宋《崇文总目》小说类，唐以前未见叙录。明代印本序中说："（任昉）家书三万卷，故多异闻，采于秘书，撰新《述异记》上下两卷，皆得所未闻，将以资后来刀笔之士，好奇之流，文词怪丽之端，抑亦博物之意者也。"与宋晁公武《郡斋读书志》题记类同。鲁迅作《古小说钩沉》时，将类书中见到署名祖冲之《述异记》的条目全取出来，还从署名任昉《述异记》的条目中采撷数条，"不知鲁迅何以将此数条辑入"（李剑国语），构成《古小说钩沉》之《述异记》九十则。

二是《纬书集成》，同名著作有两部，同在一九九四年出版：一为上海古籍出版社影印版的《纬书集成》，收录纬书辑本十三种及有关资料五种，如《易纬》《说郛》《古微书》《纬捃》《玉函山房辑佚书》等，影印页面为上下双栏，清洁清晰可读。再一为河北人民出版社的《纬书集成》，日本学者中村璋八、安居香山辑。书前有李学勤的序言，他称赞此书为"纬书辑佚的集大成之作，久已著称于世。……对于中国学术史、文化史研究是一项重要贡献"。

三是《金縢》，《尚书·周书》中有《金縢》一章，即"武王有疾，周公作《金縢》"云云。而《新唐书·五行志》中也有《金縢》的名目出现："永昌中，华州赤水南岸大山，昼日忽风昏，有声隐隐如雷，顷之渐移东数百步，拥赤水，压张村民三十余家，山高二百余丈，水深三十丈，坡上草木宛然。《金縢》曰：'山徙者人君不用道，禄去公室，赏罚不由君，佞人执政，政在女主，不出五年，有走王。'"《尚书·金縢》中未见此段文字，那它出自哪里呢？原来晋干宝《搜神记·山徙》错记道："《尚书·金縢》曰：'山徙者，人君不用道士，贤者不兴。或禄去公室，赏罚不由君，私门成群，不救，当为易世变号。'"它们应该是《洪范五行传》或《尚书纬》中的文字。

续书：一是晋张华撰《博物志》，续书有明董斯张撰《广博物志》。《四库全书总目》评价后者："此书名为广张华《博物志》而作，其实分门隶事，名目琐碎，颇近后世类家。"二是晋崔豹撰《古今注》，续书有唐五代马缟撰《中华古今注》。马缟有感于《古今注》"博识虽广，殆有阙文，泊乎广初，莫之闻见。今添其注，以释其义，目之为《中华古今注》。"三是晋孙盛撰《晋阳秋》，续书有南朝宋檀道鸾撰《续晋阳秋》。四是南朝宋东阳无疑撰《齐谐记》，续书有南朝梁吴均撰《续齐谐记》，还有清袁枚撰《新齐谐》（又名《子不语》）《续新齐谐》。《续齐谐记》后记写道："《齐谐》，志怪者也。盖庄生寓言耳。今吴均所续，特取义云耳，前无其书也。"五是晋干宝撰《搜神记》，续书有晋陶潜撰《搜神后记》。六是南朝梁释慧皎撰《高僧传》，续书有唐道宣撰《续高僧传》。七是隋萧吉撰《五行记》，续书有唐窦维鋈撰《广古今五行记》。后人题记："窦氏以'广'为名，乃因前有隋代萧吉《五行记》，特广而大之。"八是宋元马端临撰《文献通考》，续书有明王圻撰《续文献通考》，还有清三通馆撰《钦定续文献通考》、清张廷玉等撰《清朝文献通考》、清刘锦藻撰《清朝续文献通考》。九是宋洪迈撰《夷坚志》，续书有金元好问撰《续夷坚志》。十是唐苏冕撰《唐会要》，续书有宋杨绍复撰《续唐会要》、宋王溥撰《新编唐会要》，最终将王溥的著作称《唐会要》。十一是唐牛僧孺撰《玄怪录》，续书有唐李复言撰《续玄怪录》。

别名：一是《越绝书》，又名《越绝记》，此书有"地方志鼻祖"之誉。二是秦吕不韦等撰《吕氏春秋》，亦称《吕览》。三是汉戴圣撰《礼记》，又名《小戴礼记》《小戴记》。四是汉司马迁撰《史记》，即《太史公书》或《太史公记》。五是汉应劭撰《风俗通》，又称《风俗通义》。六是汉班固撰《白虎通》，又称《白虎通义》。七是汉末人撰《三辅黄图》，又名《西京黄图》，简称《黄图》。八是晋常璩撰《华阳国志》，初称《华阳国记》或《华阳记》。九是晋陶潜撰《搜神后记》，又称《续搜神记》《搜神续记》。十是前秦王嘉等撰、南朝梁萧绮录《拾遗记》，又称《拾遗录》《王子年拾遗记》。十一是南朝宋刘义庆撰《幽明录》，亦作《幽冥录》《幽冥记》。十二是南朝梁萧统撰《文选》，又称《昭明文选》。十三是唐陈鸿撰《东城老父传》，又名《贾昌传》。十四是唐道宣撰《续高僧传》，又名《唐高僧传》。十五是元末明初权衡撰《庚申外史》，又名《庚申帝史外闻见录》《庚申大事记》。十六是清黄奭辑《通纬逸书考》，又称《通纬》。十七是清殷元正撰《集纬》，又称《纬书》，殷氏亡，弟子陆明睿增订成书。

佚失：自古以来散失的典籍很多，比如《新唐书·董昌传》中提到的《越中秘记》，即无从查找。书中写道："咸通末，《越中秘记》言：'有罗平鸟，主越祸福。'中和时，鸟见吴、越，四目而三足，其鸣曰'罗平天册'，民祀以攘难。"再如《汉书·五行志》中记载两段《书序》也就是《尚书》序言中的故事，一为《书序》曰："伊陟相太戊，亳有祥，桑榖共生。"语出《尚书·商书》之《咸乂》序。此段故事《史记·殷本纪》也有记载，但《咸乂》本文却散失不闻了。再一为《书序》又曰："高宗祭成汤，有蜚雉登鼎耳而雊。"祖己曰："惟先假王，正厥事。"语出《尚书·商书》之《高宗肜日》序，其正文尚存。

重印：我在翻阅古籍时，迫于急需，还是买了很多古书的复印资料。此类服务有图书馆、有个人，非常活跃，规模不小。却说如今正规出版及古籍整理颇有成就，还有哪些漏洞呢？以我的体验：一是未翻排印制、重排印制的古代典籍还有很多，现在的情况大有改善，比如我许多年前购买的复印资料，几年后即有新印的书出来，如《洪范五行传》《素园石谱》《南朝佛寺志》《续晋阳秋》《明朝小史》《古书拾遗》等。二是今人将许多古代典籍归入一些大型套书之中，或将一部难以见到的书混入一大堆常见的书之中，整套书价格昂贵，逼读者就范。三是许多书经常署名为"某某著作几种""外几种"云云，见不到书名人名，不便检索。四是我还是喜欢单行本小册子，多年来一些出版社陆续整理，简繁并重，平装出版，易读易买，赓续文化，功德无量。

以上文字名目繁杂，下面略做一些解释与补充：一是宋代《文献通考》续书最多，大约有四部：明代一部，清代三部。还有南朝《齐谐记》，也有三部续书。二是南朝《高僧传》的续书《续高僧传》成书于唐代，又名《唐高僧传》。那么它为何称"续"呢？作者有两个考虑：首先是《高僧传》撰写时，对于在世的僧人不予立传，而一百多年后动笔的《续高僧传》将其补入。其次是《高僧传》成书于南北分裂阻隔时期，撰者偏重收取南方僧人的资料，导致北方僧人的资料多有遗珠之憾，《续高僧传》对此做了大量的补充工作。三是许多作者为自己的著作再写续书，如袁枚写《新齐谐》，接着又写《续新齐谐》。四是父子接续的著作，如宋邵伯温撰《闻见前录》，其次子邵博撰《闻见后录》。五是近现代写通俗史的好书，我见到蔡东藩《中国历朝通俗演义》，其中多见大家手笔。如

《宋史·郑居中传》有记："都水使者赵霖得龟两首于黄河，献以为瑞。京曰：'此齐小白所谓"象罔"，见之而霸者也。'居中曰：'首岂宜有二？人皆骇异，而京独主之，殆不可测。'帝命弃龟金明池，谓'居中爱我'，遂申前命，进知院事。"翻阅蔡东藩《宋史通俗演义》，它将此段故事提点出来，且写道："齐小白所见，乃是委蛇，并非象罔。且徽宗已抚有中国，降而为霸，亦何足贺。"如此抨击蔡京的观点，很有见地。六是在重名的著作中，趣闻如《幽明录》《晋阳秋》等古书名字，都有今人拿来将其作为自己小说的名字。

沈昌文早年读书记

一九四九年，沈昌文十八岁，他在上海应聘生活·读书·新知三联书店未被录用。两年后他又应聘人民出版社，被录用为校对员。此时三联书店已经被撤销，并入人民出版社。一九五四年，人民出版社内部设立三联书店编辑部，人民出版社副总编辑陈原兼任编辑部主任，本年沈昌文升任人民出版社社长王子野的秘书。几年后三联书店编辑部又被撤销。一九八二年，人民出版社内部恢复三联书店编辑部，沈昌文任主任。一九八三年，沈昌文被任命为三联书店副总编辑。一九八六年，沈昌文五十五岁，这一年三联书店从人民出版社分离出来，恢复独立建制，沈昌文被任命为三联书店总经理。

对这样一段曲折的人生经历，沈昌文时常感叹："不论如何，我这个多年密切关注三联书店而无法实际介入其中的人，自知德薄能鲜，后来居然当起它的总经理了。"他还会感叹："总结起来，还是早年的读书生活，促成了我后来在出版界的发展。"那么,沈昌文从六岁开蒙读书,到十九岁投身出版事业,在十几年的时间里,他的读书生活留下哪些印记呢?

其一,上学的经历。沈昌文早年记忆,祖母经常给他灌输三个观念:一是虽然家境不好,但我们是好人家,你是好人家的孩子。二是你不能跟外面的野蛮小鬼玩耍,我们不是嫌贫爱富,而是不要沾染粗俗、骂人等恶习。三是无论多么困难,我们家的孩子一定要上更好的学校,受到更好的教育。六岁时沈昌文进入宁波人办的一所弄堂小学,但祖母坚持让他退学,希望能转入当地最好的"北区学校"读书。北区学校是工部局办的一所小学,它的组织者是陈鹤琴等一些优秀的教育家。但沈家交不起学费,而工部局规定,他们职员的子弟可以免费入学。恰好沈昌文姑父的一位兄弟在工部局做文员,沈昌文便以这位王姓叔叔儿子的名义报名入学,将自己的名字也由沈锦文改为王昌文。六年就读期间,沈昌文深知这样好的读书条件来之不易,又害怕被人家发现自己"冒名顶替",因此学习非常努力,成绩一直名列前茅。快到毕业时,学校领导发现了这件事情,他们很同情沈昌文的境况,同意将他的姓氏改回"沈",保留了名字"昌文"。一九四三年小学毕业后,沈昌文由于成绩优秀获得一年助学金,进入工部局主办的育才学校读中学，读到初二下半年辍学，去做学徒。直到一九四九年六月，沈昌文考入民治新闻专科学校新闻电讯系，后转入采访系，读到二年级辍学，不久这所学校并入复旦大学。有了这样一段经历，两年后他才有机会以大学二年级的学历，应聘并被录用为人民出版社校对员。

其二，读夜校。沈昌文初二时由于家庭生活拮据而辍学，只好去宁波人开办的一家银楼（首饰店）做学徒。但沈昌文依然渴望读书，渴望增长知识，为此他为自己开启了半工半读的生活模式。他回忆说："在学徒的五六年时间，算起来我前后上了十四所补习学校，学习多种技能，从速记、会计，直到摄影、英语、世界语、俄语和无线电，等等。这还不算早上五点就到法国公园（现复兴公园）听讲英文、语文。"在那段时间里，沈昌文的学习主要有三个方向：

一是学习古文，他每天早晨五点，来到离银楼不远的法国公园听老师免费授课。恰好讲语文的老师是育才中学的赵老师，沈昌文跟他学《古文观止》，开始对唐诗等古文产生兴趣。一次银楼中来了一位客人叫刘硕甫，他打牌时发现沈昌文在那里背诵《古文观止》最后一篇《五人墓碑记》，就对沈昌文说，读《古文观止》要少读后半，多读前半，难处在书的前面部分，如《春秋左传》中的选文，这才是古典文章的根本。《五人墓碑记》之类，都还算不上地道的古文。沈昌文回忆："我跟他读《郑伯克段于鄢》，那抑扬顿挫的语调，至今难忘。"

二是练习写字，也是那位刘硕甫看到沈昌文在临帖，沈昌文回忆："他先夸奖我临帖时能体会帖中的笔意，认为这是学写字的正道，孺子可教。接着认为我临的帖不好。他要我临《虞恭公碑》，不要临《玄秘塔》，以后还买来《虞恭公碑》送给我。他常讲写字如做人，高明处要'意到笔不到'，认为其中有深意存焉。我这十几岁的毛孩子，哪能听得懂他这话，但也恭恭敬敬地记在脑海里了。在以后的几十年里，我经常想起这话，越来越觉得有道理。做人做事，到高级阶段，太需要'意到笔不到'。等我当了领导，觉得更需要如此。所谓'化境'，此之谓也。"

三是学习外文，法国公园中教外文早课的老师也是育才中学的教员，他姓丁，毕业于英国牛津大学，沈昌文称他"Doctor Ting"。丁老师讲授英文版的《泰西五十轶事》，要求学生能够背诵。沈昌文回忆："二十世纪八十年代，我同汪道涵老有接触，说起外国古典文学，我漫不经心地背了几句《泰西五十轶事》中的英语，他大为惊异。"再有银楼中曾来过一位客人李俍民，后来成为翻译家，即

《牛虻》的译者。他是富家子弟,去苏北参加革命,得病来上海休养。他病好后不再去苏北,要在上海读大学。李俍民上大学后还常来首饰店玩,他见到沈昌文读英语很勤奋,忽然说:"你为何不学俄语?将来俄语用处可大了。"那时上海霞飞路一带有白俄老师教俄语,他们以前都是俄国的大知识分子,于是沈昌文马上报了名。在人民出版社工作时,沈昌文翻译过许多俄文版的书籍,如《马克思、恩格斯为无产阶级政党而斗争的历史》《控诉法西斯》《苏维埃俄国与资本主义世界(1917—1923)》《列宁给全世界妇女的遗教》等。此外沈昌文还在补习班中学过西班牙语、世界语。后来沈昌文在人民出版社给陈原当秘书,有一次他跟陈原讲世界语,陈原大为惊讶:"你居然也会讲世界语?!"

其三,读报刊。沈昌文提到的报刊:一是《罗宾逊报》,这是银楼订的小报,沈昌文最喜欢杨乐郎的专栏文章。还有那位刘硕甫,也以笔名"牛马走"在上面开专栏。二是《东南日报》,上面经常刊登一些灯谜,沈昌文的师父最喜欢猜灯谜,猜不出来就问沈昌文,比如谜面"两枚制钱",打一古美人名字,沈昌文立即猜到"陈圆圆"。还有谜面"山在虚无缥缈间",打一古人名字。师父很久想不出来,而沈昌文很快猜到是"孔丘"。师父大呼:

"奇才呀！"三是《文汇报》《观察》，沈昌文经常阅读此类报纸，再给周围的人宣传里面的消息。但他那时认字也不是很多，将主编徐铸成名字中的"铸"字读成"寿"。将近半世纪后，沈昌文多次见到徐铸成本人，却不敢把这个故事告诉他。四是《万象》杂志，当时於梨华跟随父亲在银楼中居住，於小姐四处找书来看，沈昌文就从垃圾堆中翻检出《世界文库》《万象》杂志送给她阅读。上世纪末，沈昌文策划在辽宁创办《万象》杂志，还提到这件事，他说"这是他编新《万象》最早的动因"。

其四，读杂书。沈昌文说，那些年他读过的书有苏青《结婚十年》、张竞生《性史》、骆宾基《萧红小传》、生活书店《生活日记》、赵树理《李有才板话》等。钱锺书《围城》是沈昌文的最爱，他在后来翻译书时，笔名叫"魏城"，以示对钱著的痴迷。还有生活书店出版的两套丛书：一是一九三六年至一九四八年间，张仲实主编的《青年自学丛书》四十七种，包括《社会科学研究方法》《现代哲学的基本问题》《怎样阅读文艺作品》《民族问题讲话》《写作方法入门》《政治常识讲话》《世界经济地理讲话》等。其中最让沈昌文难忘的书是沈起予《怎样阅读文艺作品》。二是郑振铎主编的《世界文库》，分两种形式出版。首先是期刊，即一九三五年至一九三六年间《世界文库》每月出版一册，每册中包括十七至二十种作品，如《传奇》《花间集》《王右丞诗集》《刘知远传》《南唐二主词》《集异记》《阳春集》《王梵志诗一卷》《博异志》《孟浩然集》《云谣集杂曲子》《诈妮子调风月》《高常侍诗集》《指南录》《陈伯玉诗集》《八相变文》《岑嘉州诗集》《玄怪录》《维摩诘经变文》《李贺歌诗集》《舜子至孝变文》等。其次是单行本，即一九三六年至一九四七年间出版十七种，包括《冰岛渔夫》《司汤达小说集》《回忆·书简·杂记》《燎原》《醒世恒言四十卷（绘像古今小说）》《警世通言四十卷》《简·爱自传》《华伦斯太》《苏鲁支语录》《小鬼》《俄国短篇小说集》《美国短篇小说集》《被开垦的处女地》《圣安东的诱惑》《安娜·卡列尼娜》《晚清文选》《磁力》。

"师从众师"有感

沈昌文晚年常说，出版更像是一个江湖。面对众多文化门派、学问高手，好的出版人要坚持无宗无派，无嗔无喜，这是职业人的基本规范。还要表现出一种谦逊的态度，敢于在专家面前说"不懂"，抑或表现出所谓"三无"的状态，即无能、无为、无我。当然这不是一种消极的人生观，而是更加积极向上，为实现更高层次的理念而铺垫的方法。那应该怎样做呢？一是各路高手来到你的平台上，你要平等待客，不要轻易被某一方操纵。二是你要有服务精神，让专家们有表达的空间、信心和兴趣。三是你还要有学习精神，人家在那里舞刀弄棒、妙手迭出，你前来端茶送水，暗中观望，比对各个门派的套路，正正反反，强强弱弱。如此积年累月，深思熟虑，师从众师，内外兼修，自然有了兼容并收、自成一家的希望。

实践上面一段理论，关键在"师承"二字上。沈昌文晚年的最后两部著作《师承集》《师承集续编》，它们的题目正是最好的注脚。沈先生《师承集》序言题目又是《我的老师》，他说："我一生跟从的老师就特别多，从小到老，最愿意做的事，便是'师从'。"那么如何"师从"呢？又引出一个"师从众师"的观点。此语出自采访文章《扬之水：在落花深处和古人约会》，扬之水在《读书》杂志供职十年，得到沈昌文亲炙，深解沈氏"师从"的意义。后来扬之水离开《读书》，成为一代学问名家，她在接受采访时说："在《读书》认识的作者都是顶尖人物。这对于我来说是'师从众师'了。不限于某一老师，这样就不会有一种思维定式，视野就更开阔了。那种帮助是一种影响，等于是在他们中间熏陶出来。"

"师从众师"，往往受到职业、环境、经历三重因素的影响。首先是职业性质，如胡适讲做学者的特质："为学当如金字塔，要能博大要能高。"王云五讲做编辑的特质："为学当如群山式，一峰突出众峰环。"两位前辈喻说求学之道，显然是有区别的。归于师从之道，自然也会有所不同。其次是学习环境，诸如人民出版社、三联书店、《读书》杂志一些文化机构，曾几何时，社内社外名家云集，而且"陆续聚合了中国那个时代，几乎所有的优秀人物"。如杨绛写道："三联是我们熟悉的老书店，品牌好，有它的特色。特色是：不官不商，有书香。我们喜爱这点特色。"一个人在这样的环境中生活，当然具备了"师从众师"的基本条件。再次是个人经历，以沈昌文为例，一九五一年他二十岁进入人民出版社做校对员，只有大学二年级学历，但他一直勤奋自学。一九五七年沈昌文翻译的俄文著作《书刊成本计算》出版，受到社长王子野赏识，提拔他做社长办公室秘书，还破格晋升为行政十七级。从此他站稳脚跟，自称进入了人生的"坦境"。尤其是从那时起，他可以近距离接触到更多的优秀人物，开始了更为勤奋的工作与学习。沈昌文回忆说："我在他们身边做秘书，非常高兴。我自己认为，这是我的研究生时期。从一九五四年到一九六〇年，这六年里我等于念了六年的研究生。我很努力，几乎把三联书店资料室的书看了一遍。"在这里，我们将沈昌文"师从众师"的人物划分为三类：一是领导者，二是编辑，三是作家。

先说领导者，沈昌文说："我认为，五十年代里边，共产党最优秀的出版家当时都集中在人民出版社里了。"他们有胡绳、叶籁士、曾彦修、王子野、陈原、史枚、范用、戴文葆、冯宾符、张明养、梁纯夫等。为什么会出现这样的状况呢？因为一九五〇年人民出版社成立，陆续将三联书店、世界知识出版社并入其中，三联书店又是一九四八年由生活书店、读书出版社、新知书店三家出版社合并而成。这么多有背景的出版机构组合在一起，当然是名家汇聚了。当时二十几岁的沈昌文为这些领导者做秘书，看到、学到的很多东西终生难忘。比如沈先生说："延安来的几位，例如王子野、曾彦修等，学问不比白区来的人少，讲话也是一会儿中国话一会儿外国话。我们这里的编辑部很特别，大家的外国话都很好。我在他们身边做秘书，非常地高兴。"

接着说几段领导者的故事：一是他们主张读书无禁区，曾彦修上任社长后，宣布资料室以及韬奋图书馆开放，工作人员可以自由阅读。这使沈昌文在几年的时间里，有机会翻看几万册很难见到的图书，对他后来的发展产生了巨大的影响。二是他们主张组稿要开放思想，允许不同意见的争论。比如一九五一年人民出版社出版了刘大年的《美国侵华史》，此书出版后备受好评。翌年燕京大学卿汝楫又投来《美国侵华史》同名书稿，曾彦修等人审读后，认为水平超过刘大年的书，坚持同名出版。再如岑仲勉《黄河变迁史》书稿中说："黄河变迁的考察未必都比我的考证清楚。"审稿者认为违反"实践论"的原则，陈原说允许有不同的表达。三是他们提出选书要注重"翻箱倒柜"，翻检出旧人的新旧著作，重新出版。这与后来李慎之说出版要"向后看"的观点相同。他们找到的旧人如栾调甫、陶菊隐、商衍鎏、周瘦鹃，著作如罗尔纲《太平天国史迹调查集》、陈寅恪《隋唐制度渊源略论稿》、张荫麟《中国史纲》、邓拓《中国救荒史》、陈登原《国史旧闻》等。且说陈原亲赴西北大学陈登原家中组稿，陈登原在《国史旧闻》序中写道："稿成，有书贾来，乃付之去。"陈原阅后一笑置之，照样放行。四是他们主张当编辑要抓大事，不要拘泥小事，尊重作者的文风。张荫麟在《中国史纲》中写到王昭君，称去和番的美女"未必娇妍"。编辑认为写得庸俗，应该删去。还要将鲁迅文章中的"平和"改为"和平"，将张蓉初译文中的"一日日"改为"一天天"，等等。对此曾彦修、陈原等坚决反对，他们"更主张著者有自己的自由，要保存作家的风格""应当允许作者有自己的表达方式，特别是像张荫麟先生这样有成就的学者"。

再说到编辑，由于历史原因，五十年代初人民出版社中，聚合了许多有大背景、大学问的人。沈昌文始终尊重他们，诚心以他们为师。本文略举几例：一是刘仁静，中国共产党一大代表，也是"中国见过托洛茨基的人"。他曾在托洛茨基流亡时的家中住过一个月，托洛茨基送给他许多书。一九五一年刘仁静来到人民出版社工作，国家出版研究性著作时，他拿出四十多册罕见的书，还参加翻译普列汉诺夫著作。一九八七年刘仁静去世时，新华社、《人民日报》都报道了这一消息。二是何思源，一九四九年前曾任北平市市长，对和平解放北平做出了一定贡献。沈昌文跟他学过法语。三是朱南铣，清华大学哲学系毕业，英文、德文都非常好。写作时与周绍良共用笔名"一粟"，出版过《红楼梦书录》《〈红楼梦〉点校本》《中国象棋史丛考》。沈昌文说，朱南铣是他见过最优秀的编辑，但行为放浪形骸，"朱南铣认为，文人无行，规规矩矩的人做不出学问来，因为很多学问上的主意是一念之间产生的"。沈昌文还说："朱南铣对我的帮助很大，遇到中外文的事都向他请教。他鼓励我跟他研究中国游戏史，可惜我那时的兴趣还在外国，没有进入门下。"不过朱南铣嗜酒如命，一次在乡下与沈昌文饮酒后，不幸溺水身亡。四是陈玉祥，旧中国正中书局留用人员，负责版权工作。他是老出版人，非常爱书，常给沈昌文一些指点，比如给老专家写信，他教沈昌文要称"字"不要呼"名"。有一次给郭沫若写信，他教沈昌文抬头要写"鼎堂先生"。还有舒贻上，字之銮，湖南名流，据记载他曾经给齐白石推算过时运。董秋水，小说家张洁的父亲，参见《无字》中的人物。郭根，《文汇报》知名记者。谢和赓、应德田，等等，他们都是有故事的人。

最后讲几位作家，一是潘光旦，大约一九五五、一九五六年的某一天，他挟着一大堆稿件来到人民出版社，沈昌文说："社领导都不在，由我这小秘书接待。潘老希望出版他翻译的恩格斯《家庭、私有制和国家的起源》，特别是他煞费苦心写的大量注释。"后来未能出版。沈昌文读过潘光旦译霭理士《性心理学》，潘光旦又会说宝山方言，两人相谈甚欢。二是马元德，毕业于北京大学，通英语、德语，特别对罗素有研究，译出《西方哲学史》。"他译德语伯恩施坦、考茨基等人论著，诧为奇才。"三是王荫庭，俄语专家，"译普列汉诺夫极为得心应手，以后俄文论著多半是他完成"。还有李慎之、董乐山、施咸荣、殷叙彝、郑异凡等，沈昌文说："他们都是我名副其实的老师。"

后　记

　　写专栏文章，本来是我生活中最大的乐趣之一。高峰时期，同时为几家报刊定期定时写文章的事情也是有的。究其内容，主要在职业随笔与读书随笔两个方面。回忆那时的写作经历，每天工作之余，不敢有半点儿懒惰与放松，读书、上网、思考、动笔，无论夜有多深，身体有多疲劳，工作压力有多大，都要抽时间坐在电脑前，动脑动手，按时完成"作业"。我严格遵守报刊的交稿时间，从来没出现过爽约或违时的情况。不过我的作息时间表，被一个个专栏写作切割得七零八落，常年的精神状态，始终处于快乐与紧张的境况之中。

　　六十一岁时离开出版社，我的生活节奏发生了很大的变化，朝九晚五式的忙碌不再了，出版职业生活中的故事也在逐渐减少。即使再写相关文章，也以回忆以往的旧事为主。但与从前比较，我的心安静了，读书时间多了，思考问题从容了，读书笔记却越记越多。到了二〇二二年，我下决心不再接受多家报刊专栏写作任务了，只留下《辽宁日报》阅读版的一个专栏，题为《两半斋笔记》，每月拿出十天左右的时间，撰写一篇三千字左右的文章。为什么这样做呢？其一是希望在我古稀之年到来前，能有几年整块儿的时间，认真完成好几部自己挂念已久的著作。其二是由于著述之需，我的"阅读书目"数量增长过于迅猛，"读书笔记"内容过于丰富，使我在苦做自己的几部著作时，留下太多过剩的资料与情绪，心中时时涌现出强烈的表达欲望。所以我保留一处写作园地，将那些难以割舍的东西写成文章，每月发表出来。从二〇二二年三月始，到二〇二四年十二月止，三年之中每月不落，一共成文三十四篇。现在将它们汇集在一起，出版一本小书，题目叫《书房的晚景》，也是本专栏开篇第一篇文章的题目。

对比以往的写作，可以肯定地说，《书房的晚景》是我几十年间最费功力的一组专栏文章。为什么？首先，我不再有太多的杂事牵累，不再有太多的赶写文章的情况，思考与定稿的时间都从容了许多。每篇书稿完成之后，经常会花费几天时间，认真核对、认真修改十几次到几十次都是经常的事情。想到在从前那种匆匆忙忙的生活状态中，要想如此放慢节奏、精雕细刻，几乎是不可能的。当然那时自己还年轻，精力也不可同日而语。其次，这组文章的知识背景非常丰富，经常有几十本相关书籍放在那里，或者有一些大部头的书稿提供内容支持。

再说我这一组文章的结构，完全是一种浓缩式的写作。甚至不讲文采，不讲修辞，不讲文体，尽量少用"修饰与空泛的字"，多写"有用的干货"，更多地强调说清楚、有所得。所以此类文章如果展开来写，稍作一些文字的炫技，每篇都可以扩充出几倍的字数，或者切分成几篇文章，但我不想那样做。当然，写这种文章用料多，不出数，非常累，还要保证准确无误，读者阅读一定不轻松，挨累不讨好。所以我每每伏案叹息：这是一种自虐式的写作。走进去如醉如痴，走出来精疲力竭。当然每篇文章完成之后的心情，也是出奇的愉悦，我好像在漫长的严冬暗夜之中，突然降入早春时节的旷野，山上云烟袅袅，水面薄雾蒙蒙，风渐暖，花渐放，树渐青，草渐绿……

在这组文章结集之际，我请来被我奉为导师的老领导王充闾先生赐序。先生以近九十高龄，欣然应允，数日之后，便赐我三千余字的序文《书卷多情似故人》。王先生文章誉满天下，文字优美，思想深刻，文章情境如曲径通幽，字字含情。我默读序文之时，几度哽咽，几度低声暗泣。人生苦短，能遇到王先生这样的前辈导师，多么幸运啊！他教我做人，教我做学问，教我如何平衡社会关系，教我如何自我塑造、自我保护，往日叮咛，萦绕耳畔，耳提面命，刻骨铭心！

在年近七十之际，我一个诸事乐于计划的人，下决心不再写"定期交稿"的专栏文章了，这个专栏《两半斋笔记》也可能会成为我专栏写作的"绝唱"。

最后还要感谢《辽宁日报》丁宗皓先生，他不但鼓励我写作，还为拙著题写书名，让我感动。三年中栏目编辑李海卉（慧子）的辛勤催稿编稿，都成为我生活中的美好记忆。还要感谢柳青松等诸位同人多年的支持与鼓励。

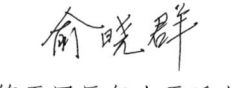

俞晓群

搁笔于甲辰年大雪后七日